『桃子先生、俳句ここを教えて！』正誤表

左記の通り誤りがありましたので、お詫びして訂正いたします。

52頁14行目

誤　現在の「仏の座」は帰化植物の「姫踊子草」のことです。

正　現在の「仏の座」は帰化植物の「姫踊子草」に似ています。

桃子先生、俳句ここを教えて！

辻　桃子
聞き手　増田真麻

文學の森

はじめに

辻 桃子

この本は、俳句を始めたばかりの人の質問にわかりやすく答えたものです。

始めたばかりの人は誰でも、早くうまくなりたい、俳句がすらすらできるようになりたいと思っています。それで、「桃子先生、早く上達する方法を教えてください」といわれます。

でも残念ながら、すぐ上達する便利な方法はありません。一つ一つ句を作り、一日一日句会《くかい》に出て、ときどきは吟行《ぎんこう》にもでかけて、悩みながら、たのしみながら、作り続けてゆくほかに方法はないのです。

その折々に、小さな疑問が生まれます。「えっどうして?」「ではどうしたらいいの?」と。あまり初歩的過ぎていまさら尋ねにくい、ということもあるでしょう。そんなときにこの本を開いてみてください。

初心者はみんな同じような疑問を持ち、その答えを得ながらだんだん俳句を身につけてゆきます。この本を読んで、「あっそうか」と思ってくださったらうれしいです。

俳句は、ここまでやれば十分ということはありません。手の動くかぎり毎日こつこつと書き留めてゆくのです。

ただ日記と違うのは、それがどんな下手な句、初心の句であっても、世界で一つしか無いあなたの世界を書き留めた文芸作品だということです。一句書き留めたらあなたは俳人なのですから。

桃子先生、俳句ここを教えて！／目次

カバー写真　橋本　哲
装丁　文學の森装幀室

桃子先生、俳句ここを教えて！

花子さん・月子さん・雪子さんとは

増田真麻

この本は、花子さん・月子さん・雪子さんが桃子先生に、わからないところを質問する、そして、先生がわかりやすく答えるという形で書かれています。

花子さんは俳句を始めたばかりです。友だちに「ちょっとやってみない」と気軽に誘われて始めてはみたものの、句会に出る度に、吟行にゆく度に、俳句にはいろいろな決まり事や古くから使われている規則などがあることに気づきました。俳句を始めたばかりの花子さんは、不安でいっぱいです。

月子さんは、俳句を始めてもう五年も経ちました。俳句が少しはわかってきたような気がしていましたが、俳句に誘った花子さんからいろいろ質問されると、わからないことがいっぱいあるのです。

もう十年も俳句を作っているベテランの雪子さんに質問してみました。すると、雪子さんも「いえいえ、私もわからないことがあるのです」というのです。

そこで、俳句の達人・桃子先生にいろいろお聞きしました。

花子さん、月子さん、雪子さんの三人は、それぞれに悩みは違っていましたが、桃子先生のお話に「なるほど」と頷いています。

さて、どんなことが腑に落ちたのでしょうか。

＊本書では、章題、本文中のルビはすべて「新仮名遣い」です。
ただし、例句のルビは「旧仮名遣い」になっています。

はじめての句

こんな句でもいいの？

花子「俳句やってみない」と友だちに誘われました。
このごろテレビでときどき俳句を見かけたりして、なにか面白そうだなと思っていたので、うっかり「いいわよ」と返事をしてしまったのです。そしたらすぐに「一句作って、句会にも来てね」というのです。
もう四苦八苦、むりやりしぼり出したけど、こんなのでいいのかしら。

桃子 俳句は、小学生だって作ります。五七五（定型《ていけい》）で季節を表す言葉（季語《きご》・季題《きだい》）が入っていれば、基本的に俳句なのです。

花子 もう本当に困っちゃって、なんとか俳句らしくまとめようと、指を使って五七五と数えてみました。

ふるさとの竹の子届く宅配便　花子

桃子　「ふるさとの／竹の子届く／宅配便」ちゃんと五七五ですね。「竹の子」は初夏の季題だし、立派な俳句になっていますよ。

花子　まあ、大丈夫ですか。よかった。子供のような句で、恥ずかしいけど。

桃子　あれこれむずかしいことを言ったり、うまそうな句より、こういう単純で、ずばりと「竹の子」というものを捉えた句がよい句なのです。

花子　じゃあ、さっきここへ来るときに見たのだけど、こんな句はどうかしら。

石の上赤い椿が落ちてゐる　花子

桃子　その調子。今見たものをそのまま五七五に詠んでみることから始めるといいです。どんな簡単なことでも、あっと思ったときに、それを言葉にしてみましょう。正岡子規も「俳句は簡単なところがよい」と言っています。今見たものが、まだ目の中に残っている間に、すぐ句帖に書いておきましょう。三歩あるけば、もうその光景は忘れてしまいますから。

花子　こんな句でも句会に出しても大丈夫でしょうか？

桃子　もちろん大丈夫ですよ。はじめての句会では、誰も採らなくて、一点も点が入らないこともあります。

でも、句会とはどういうものか知ったり、他の人が出した句を見たりするのもみんな俳句の勉強ですから、めげずに、やってゆきましょう。

花子 はい、どきどきですけど、がんばります。

とりあえず五七五にまとめて、季題を入れる

はじめての句会

句会ではどうするの？

花子　さっそく、句会に出てみました。句会場にはもうたくさんの人が座っていて、私はどこに座ればよいのか困っていたら、やさしそうな人が「私の横にいらっしゃい」と声をかけてくれました。ざわざわしているうちに、「それでは皆さん**投**《とう》**句**《く》の締切り時間です」と言われてしまいました。

桃子　はじめて句会に出るときは、どんな人だって緊張します。でも、初心者なのですから先輩になんでも聞いて教えてもらえばいいのです。心配は要りません。

句会では、まず句を**短冊**《たんざく》（白い細長い紙）に書いて投句することから始まります。短冊の用紙はその句会で決められている場合もありますが、自分で白い紙に書いてきてもよいです。何句出すかは、あらかじめ決められていますから、たくさん作ってきても全部出すことはできません。大事なことは、決められた時間内に出すことです。

花子 しばらくすると短冊が五枚ずつ配られて、それを**清記用紙**《せいき》に写すように言われました。もう何がなんだかわからなくて、短冊の句を間違えないように書き写すのは大変でした。何度も見直して、隣の人にわからない文字を教えてもらったりしました。それから、その清記用紙に番号が振られて、左隣の人から次々送られてくるのです。その中からよい句を五句選ぶのは、とてもむずかしかったです。どうやって選べばよいのでしょう?

桃子 そう、それは大変でしたね。慣れないうちは、どれもよい句に思えて、ノートに全部書きたくなりますが、それはだめ。清記用紙が回ってきたら、ひと通り読んで、その中から一句か二句、一番印象に残った句をノートに書き留めましょう。一巡したら、改めて書き留めた句の中から、さらに五句選ぶようにします。

句会での**選句**《せんく》のやり方は、句会の人数や、句会の目的によっても違います。清記は係の人がやって、全部の句が書かれたコピーを見て選ぶ方法もあります。

花子 選句をしたら、それぞれが選んだ句が**披講**《ひこう》されました。自分の句が読み上げられたら、「花子」と**名《な》のり**ました。一句でもうれしかったですが、恥ずかしくて大きい声で名のれなくて注意されました。

桃子　まあ、はじめてなのに選ばれたのはよかったわね。自分の句が選ばれたら、選んでくれた人に感謝の気持で大きい声で応えましょう。

　耳で自分の句を聞くと意外な感じがして、自分の句だと思わない人もいますが、投句した句はきちんとノートに書いておいて、すぐ名のりができるようにしてください。

花子　手もとの清記用紙に選ばれた句があれば、「はい」と言って作者の名前を書くように言われました。**選者《せんじゃ》**（選んだ人）と作者名を書き入れるのもむずかしかったです。

桃子　わからないときは、句会の進行の邪魔にならないように、そっと隣の先輩に聞いてみましょう。

なんでも聞いて、教えてもらおう

吟行に行く（一）

もう吟行に行ってもいいの？

花子　やっと句会に出席したばかりなのに、今度は吟行に行って句を作ろうと誘われました。

桃子　まあ、いいじゃないの。ぜひ吟行に行ったらよいと思います。

花子　でも、その場で句ができるかどうか心配です。

桃子　俳句は頭で考えて苦しんで作るより、あたりの景色を見て思いついたことを作った方が、たのしく作ることができます。ぜひ行ってみるといいですよ。

花子　どんな準備をしておけばよいですか？

桃子　まず、どういうところに吟行に行くのか調べることが大切です。山なら山、寺なら寺といった句を、二、三句作っておいて、当日、現地で句ができなければ、作ってきた句を出せばよいのです。でも、あくまで当日作ることを心がけましょう。下手な句でも、当日作った句の方が臨場感があります。

花子　吟行地ではどのようにすればよいですか？

桃子　すぐ句帖を出して、どんな些細なことでも、目にしたこと、気がついたことを即、メモします。後で作ろうというのはだめです。そして、投句前には、先に書いたメモと、終わりの方のメモを組み合せたりしてまとめてゆきます。

花子　できるだけいろいろ見た方がいいですか？

桃子　あちこち歩き回らずに、ここと思った場所でじっと観察することが大切です。そうすれば集中できて、これという季題に出会えます。何となくだらだら歩いたり、やたらあれこれ見てばかりいたり、人とおしゃべりするのはだめです。

花子　一緒に歩くと、他の人と同じような句になりそう。

桃子　それには、歳時記をよく見て季題をいろいろ工夫することです。特に、吟行地で見た「スゴク変わっていて、みんなが面白かったこと」は、みんなが見ているので、同じ句になりやすいです。それでも、他の人と同じような句ができてしまったときは、思い切って捨てる覚悟も必要です。

花子　吟行に行くと季題だらけで、どの季題を使えばよいか迷いそうです。

桃子　そこで見た一番印象的なものに絞りましょう。時候《じこう》の季題（春めく、夏めく、初秋とか）は類句になりやすいです。できるだけ、ものの季題（草木花の具体的な名、虫、食物など）を見つけるように心がけましょう。

月子　でも、吟行の句は、その吟行に行かなかった人にはわかってもらえないのではないかと心配ですが。

桃子　そうです。そこにいない人にもわかるように、常に一歩離れて客観的に自分の句を見るようにしなければと、心がけてください。

花子　吟行に行っても、その場所とは関係のないことに感動したら、それを句にしてもいいですか？

桃子　もちろん、イメージが飛んでしまってもよいですが、そういう句はその時の句会では共感を得にくいので、句帖に書いておいて後でゆっくりまとめてみてもいいですね。あんまりあれこれ心配しないで、とりあえず行ってみればわかります。

どんな些細なこともメモしておく

旧仮名《きゅうかな》・旧漢字《きゅうかんじ》

言葉遣《づか》いがむずかしそう

月子 俳句では、**旧仮名遣い**と**新仮名遣い**が見られますが、どちらを使ってもいいのですか？

桃子 どちらでもいいです。ただし、俳句作家として、自分はどちらの表記《ひょうき》で一句を書いてゆくのか決めましょう。どちらかに決めたら、すべての句をそれで書きます。まぜて使うことはできません。

月子 戦後の学校教育では、旧仮名表記は教えていませんが、なぜ現代の俳句に使われるのですか？

桃子 私たちは、俳句という伝統文学を、伝統的な表現で書いているのです。ですから、古典的な旧仮名表記（歴史的仮名遣い）を使います。ただし、自分は現代の表記でゆきたいという作者は自由に新仮名表記にしてください。

月子　私は、旧仮名表記が正しく使えるようにしっかりと学びたいのですが。

桃子　旧仮名表記の文法の本は、書店で売っているし、図書館にもあります。ただし、体系的に学ばなくても、古典の俳句、伝統的な俳句をたくさん読んでみれば、自然に身についてくるものです。また、電子辞書の『広辞苑』や『国語辞典』には旧仮名表記が小さく併記されているので、一つ一つ引いて確かめましょう。

雪子　漢字では、旧字体と新字体の使い分けも必要ですか？　たとえば、「恋」と「戀」では、「こい」の密度が少し違うような気もして。

桃子　句によっては使い分けたいですね。「蛍」より「螢」の方が、ほのかな「火」を感じるように。また、「滝」より「瀧」の方が、水量が違うような。でも、これはあくまでも作者の好み次第です。普通の漢字で十分伝わると考えましょう。

雪子　常用漢字以外の漢字や、俳句特有の読み方があったりして、辞書で調べてもわからないことがあります。そんなときはどうしたらいいでしょう？

桃子　たくさん句会に出て、辞書でもわからないことは質問しましょう。辞書には出ていないこともありますからね。たとえば、私の作った『いちばんわかりやすい俳句歳時記』（辻桃子・安部元気著、主婦の友社）には、「むずかしい漢字季語早見表」がついています。これは、引きやすく、わかりやすいです。

むずかしい漢字季語のはじめの一字、またはつくりで引いてください。たとえば、「勿忘草《わすれなぐさ》」が読めないときは、はじめの一字「勿」の「ノ（チョン）一画」を探せば見つかります。

雪子 それは便利ですね。俳句を作っていると、不思議な漢字や読み方や古い言葉に出会いますが、覚えるととても得をしたような偉くなったような気がします。

桃子 そう、古い言葉にはたくさんの詩歌に詠まれてきた歴史があって、古い文化や歴史、人々の営みのエッセンスがぎっしり詰まっているような気がしますね。それが、たった五七五で作られた一句の世界を大きく深くしているのです。

伝統的な俳句をたくさん読めば身につく

表記のきまり

表記はどうすればいい？

月子　俳句を書き表すときに、表記上の記号をどう使うのかよくわかりません。
桃子　俳句は、伝統的な文芸なので、基本的には日本古来の文法表記を受け継いでいます。現代日本語の文章や新聞などに使われているような実用的な表記記号とは違っていることもあります。
月子　「かぎかっこ」はどうでしょうか？
桃子　たとえばこんな句があります。

酒温め「一座」読みあふ一座かな　辻　桃子

これは、句集の題名が『一座』で、それをみんなで読み合っている景ですが、読み合っているこの仲間もまた一座であると言っています。普通、散文では、書名は『　』（二重かぎかっこ）にしますが、俳句の中では一重で構いません。
次の句は『浦島太郎』『五百句』という書名です。

和紙和綴ぢ「浦島太郎」初草紙　長澤ゆふみ

東風吹くや「五百句」にまづ恋衣　増田真麻

月子　人の話した言葉は「　」で表しますか？

桃子　俳句では、会話の言葉は「　」に入れなくてもわかるように作りましょう。

初《はつ》蝶《てふ》来《く》何《なに》色《いろ》と問ふ黄《き》と答ふ　高浜虚子《たかはまきよし》

この句は、「何色ですか」「黄色です」という二人の会話を句にしているのですが、「　」をつけなくても「問ふ」「答ふ」で問答だとわかりますね。
また、話した言葉に「と」をつければ、会話が引用されたことがわかります。

白《しら》子《す》舟《ぶね》入りましたと浜《はま》鳶《とんび》　辻　桃子

どかと解く夏帯に句を書けとこそ　高浜虚子

月子　文字や言葉の繰り返し記号「〱」や「ゝ」や「ゞ」などは使ってもいいですか？

桃子　俳句では、「まゝごと」は「ままごと」に、「たゞ」は「ただ」に、「びゆう〱」

は「びゆうびゆう」のように、記号を使わず、同じ文字や言葉を繰り返して表します。特に、「〃」の記号は、わずらわしいので、文章にも使わないようにしたいです。

ただ、「山山」は同じ漢字を二度使わず「山々」に、「日日」は「日々」にすることが多いです。

あえて「滔滔《とうとう》」「恋恋《れんれん》」「飄飄《ひょうひょう》」とか、一句の中にその漢字の強い雰囲気を活かしてこだわりたい場合は別です。

数字を連ねる場合も注意が要ります。数字と数字の間に「、」を入れません。

　鶏頭の十《じふ》四《し》五《ご》本もありぬべし　　正岡子規《まさおかしき》

これで、「十四《じゅうし》、五《ご》本」と読みます。

「一、二、三」は「一二三」と書きます。

月子　俳句では、まだまだいろいろな記号がありそうで、むずかしいですね。

桃子　一句一句読みながらゆっくりと覚えてゆくようにしましょう。

日本古来の表記方法で

推敲《すいこう》

推敲するってなに？

花子　先月は句会に出した句が誰にもわかってもらえませんでした。

月子　そういうとき、見直してみると、文法が間違っていたり、独りよがりな言い方をしていたりするのよね。

雪子　一度作った句を見直して、もっとよい句に作り直すことを推敲するというのよ。

桃子　推敲して完璧な句を投句したいと思う人は多いです。でも、句を作ってすぐ推敲できる場合と、しばらく時間をおいてからの方がよい場合とあります。

雪子　私は、一句作ったら一晩寝かせておいて、次の日に見直すと、間違っているところが見つかったり、もっとよい言葉を思いついたりすることがあります。

桃子　そうして完璧だと思った句を投句したのに、全く誰にも採られないこともあるわね。

月子　一句足りないからと、句会の直前に間に合せに、あわてて作った句に点が入ったりすることもよくあります。

雪子　私もそういう経験があります。

桃子　俳句は「打座即刻《たざそっこく》」という禅の言葉の通り、席に座ったら即座に作る、というのが本質です。心の思うままに「間髪《かんはつ》を容《い》れず」作るのです。

月子　そのように即作ると、でたらめな句になってしまいそうです。

桃子　でたらめでも、とりあえず五七五にのせて作ってみる。面白ければウケル。採られる。だめなら家に帰ってから、じっくり考え、じっくり、ここで推敲するのです。

月子　吟行や席題《せきだい》の句会では、じっくり推敲する時間がなくて困ります。

桃子　まず、自分にじっと集中すること。吟行してあれこれ見た後、投句前の二十分位は、誰がいようが、一切しゃべらずまとめにかかることです。

月子　推敲を重ねているうちに、最初に感動したことから気持が離れてしまい、別の句を作りたくなってしまいます。

桃子　もちろん、どんどん変えて別の句にしてもいいのです。最初の案がうまくゆかないと思ったら、一ヶ月位は放っておき、投句するときにもう一度見直して作り直してもよいのです。少し客観的に見られるようになっていますから。ここで推敲してみてもダメなら捨てます。

月子　推敲は、自分一人でするのですか？　誰かに意見を聞いてもいいのですか？

桃子　意見を聞くのは大切ですね。同じレベルの人より、少し経験の上の人に見てもらうとよいでしょう。きっとよいアドバイスがもらえます。どんなアドバイスも、すべては勉強ですから、謙虚に聞くことです。そして、納得できるところは推敲しましょう。

でも、どんなよいアドバイスでも、やっぱり自分の思った句と違うと思ったら、元の句に戻せばよいのです。あくまでも、句は自分のものですから、上手な句にするよりは、自分らしい句であることを大切にして作ってゆきましょう。

「句調《ととの》はずんば舌頭《ぜっとう》に千転《せんてん》せよ」という松尾《まつお》芭蕉《ばしょう》の言葉があります。何度も句を声に出して読んでみるとよい句かどうかわかってくるでしょう。

しばらく放っておくのも推敲

句稿の見方

アドバイスをどう読む？

花子　無事に句会が終わりました。句会の後で句稿が戻されてきました。句の上に「△」「○」「◎」の印がついていましたが、それぞれどんな意味がありますか？

あっ、私は無印の句もありました。

桃子　「△」はちょっと見所があるがもう一工夫を、という句。五七五にととのえるとか、季題をもっと適切なものに替えてみるとか、再考をしましょう。

「○」は一応できている句です。ただし、再考すれば「◎」になるかもしれません。「◎」は一見、「△」や「○」より、下手に見える句もありますが、じわじわとそのよさがわかってくるものです。

無印は捨てる句。あれこれ考えているより、捨てて新しい句を作りましょう。

句会によっては「天・地・人」とか、「特選・入選・並選」という言葉で、特によくできている句の順に三句選ぶ場合もあります。

花子　「ここがよい」とか「季題ご再考」とかも書いてありましたが。

桃子　特に面白い言い回しや、印象的な表現は、「ここがよい」。季題を入れ替えただけで、ぐっとよくなりそうな句は、「季題ご再考」。ただし、元の句より悪くなることもあります。

花子　S（イレカエ記号）というマークがありますが、どういう意味ですか？

桃子　上五下五を「上下入れ替え」という印です。逆にしてみると、収まりがよくなる場合も多いので、一句できたら、必ず、上下替えてみたりして、推敲してください。

花子　一句の横に書きこみがあるのは、こうしてみたら、という指導ですか？

桃子　はい。「こうしたらどうか」というアドバイスです。ただし、文字の上に／（斜線）や｜（傍線）が引いてあるところは、誤字や間違いの部分ですから、必ず直しましょう。

月子　「こうしたらどうか」のアドバイスを受けたら、必ず指導者の言う通りに直さなくてはいけませんか？

桃子　これはあくまでも参考です。もし、「直さない方が私の句らしい」と思ったら、原句のままにしてください。どんなによい句に直っても、「自分の句らしい」と思えなかったら、一句作ったことにはなりませんからね。

月子　作り直した句は、また句会に出してもいいですか？

桃子　もちろん、何度でも作り直して出してよいです。

月子　そうですか、「△」や「○」は、「◎」になる見込みがあるのですね。もう一度作り直して、句会に出してみます。

桃子　自分の大切にしたい句は作り直してゆきましょう。松尾芭蕉など、何度も何度も作り直していますよ。

月子　それなら、大事にしなくては。

何度も作り直そう

句会の本質

結社《けっしゃ》・座《ざ》ってなに？

月子　このごろ月に一度の句会がとてもたのしみになってきました。句会は、俳句を見せ合う場というだけではなく、もっと深いものがあるような気がしてきました。

桃子　本当にそうですね。本来、俳句は作って仕舞い込んでおくものではなく、人に読んでもらうことで、文学作品と成るのです。ですから、句会は、俳句を互いに読み合うことで、人と人とが俳句を通じて心を通い合せる場とも言えますね。

月子　句会には出ないで、主宰の選だけを受けるという俳句の勉強法もありますね。

桃子　病気で出かけられない人や近くに句会をする仲間のいない人は仕方ありませんが、句会に出なくては本当の俳句はわかりません。できるだけ他の人の声を聞くことが大事です。

俳句は紙とペンだけでするものではなく、耳や目や口や心を使って人と言葉を紡ぎ合うことが本来の形なのです。

月子　結社に入って、句会に出て、俳句を作るうちに、俳句って何のために作っているのかと考えるようになって、はじめのころと考えが変わってきました。俳句は自分だけ上手になればよいというものでもなさそうですね。

桃子　どんな句会にも、初心者もベテランもいます。だから、上手に作ろうとしたり、選ばれることに腐心したりせず、一句も入らなくても「私は私」と思ってめげずに続ける強さを養いましょう。

作り手として淡々と素直に、どこまでも自分らしさを追求することが大切。読み手も、作者がなにを表現したかったのかを読みとるよう努力すれば、句会に一体感が生まれます。そのエネルギーは、句会全体をよい方向へ導き、個々の人の作品の向上にもつながります。

月子　句会では、選をした理由を説明しなければなりません。これがむずかしくて緊張します。どんなことに注意して話せばいいですか？

桃子　たくさんの句の中から選んだのだから、どこか一つでもよいと思ったところを話せばよいのです。作品の全体的批評をしようときばらずに、一つの言葉でも、言い回し方でも、「ここが好きです」と具体的に話せばよいのです。作者の気づかないよいところを見つけてあげることもできますね。

花子 一つの結社に入って、一人の主宰の元で俳句をすることとの意味は何でしょう?

桃子 結社には、百の結社があれば百の主宰の考える俳句の方向があります。俳句にはいろいろな考え方があるのだから、俳句の作り方だけでなく、主宰の生き方も含めて、自分に合っていると思えたら、しっかりとついてゆくことです。

秋ちかき心の寄《よる》や四畳半　　松尾芭蕉

という句があります。四畳半ほどの小さな部屋に集まって、座をなして句会をしている景です。そんな狭いところで何人も膝をつめて座り、俳句を見せ合い読み合い、みなで愛し合って勉強しているのです。それが「心が寄る」ということだと芭蕉は感じているのですね。これが結社・座の本質だろうと思います。

本を何冊も読むより句会に行こう

切れ字「や」

「や」は必ず切れるの？

花子 俳句を始めたときに「『や』は切れ字」と習ったのですが、「や」を使っても切れない場合があるのですね。

月子 一句作るたびに、一句の中で「や」できっぱり切るか、切らずにすっと述べるかと、いつも迷いました。次の句の桃子先生の直し方では、「や」で切るのですね。どうしてですか？

原句　春の夜の男はみんなハンサムで　　立松けい

添削　春の夜の男やみんなハンサムで

桃子 こういう書き加えたり削ったりする俳句の直し方を「添削《てんさく》」と言います。ていねいに見てみましょう。

原句は、作文体。「……の……は……です」という形。これでは切れ目がなく説明に終わります。「や」で、一番ポイントになるのは「春の夜の男」だ、とわかるように強調します。「春の夜の男だ！」と切り、大きく息をして、「みんなハンサムだな……」とつぶやくように続くのです。

月子 「や」は、直前の言葉を強調するそうですが、「や」を置く場所によって句はどう変わるのですか？

原句　風花や少女しやがみし街の角　草野ぐり
添削　風花に少女しやがむや街の角

桃子 原句は、天を見上げ、「ああ、風花が舞う！」と切り、地を見れば「街角にはうら若い少女がしゃがみこんだりしている」という感じ。風花がポイント。

添削句は、「冷たい風花の舞う中に少女がしゃがみこんだりしている！」「ああ、そんな街の角だ」という感じ。そんな少女の動作の方がポイントになっています。その方が現代の風俗を鋭く切り取って余情《よじょう》を出すことができるでしょう。

原句　年の夜はしんそこ一人足袋《たび》洗ふ
添削　年の夜やしんそこ一人足袋洗ふ

原句は、切れ目がありません。「年の夜や」と切って、「しんそこ一人」と続ければメリハリが出て、「年の夜なのに、他の人は家族でたのしく新年を迎えるのだろうに、私は、しんそこ一人」と淋しさが深くなります。

月子　上五に「や」が来ると、下五を軽く流す場合と、名詞で止める場合があります。

①　松過《まつすぎ》や五軒むかうに小火《ぼや》ありて

②　雪虫《ゆきむし》や惜しまず使ふ化粧水

桃子　どちらかといえば、名詞でぴたりと決める方が、句は締まります。たとえば、①は〈松過や五軒むかうに昼の小火〉としてみるか。②は一応できた句ですが、「雪虫」は戸外で細かに見て、はじめて確かめられるものなので、化粧水を使う化粧台との関係があいまい。たとえば、「雪飛ぶや」などとしたら、洗面所の硝子ごしに雪が見えているとなり、より現実的な景を結びます。

月子　「や」はたった一文字ですが、使い方次第なのですね。

「や」は使い方次第で余情が出る

切れ字「けり」

「けり」はどんな場合に使うの？

雪子　「けり」は、少し強い感じがして使うのをためらいます。どんな場合に使うのですか？

桃子　断定的に「……です」「……しました」の意で、一切をきっぱり切る働きをします。「ものごとにけりをつける」という言い方はここから来ています。

一句一句によってニュアンスは微妙に違いますが、いろいろ使いこなすようにしましょう。

くろがねの秋の風鈴鳴りにけり　飯田《いいだ》蛇笏《だこつ》

風鈴は夏の季題ですが、秋になってもまだ吊られている真っ黒な鉄の風鈴が、澄んだ音で鳴っているのです。「鳴りにけり」ときっぱりと切ったことで、いっそう秋の淋しさを感じさせます。

昼寝ざめ剃刀《かみそり》研《と》ぎの通りけり　西島麦南《にしじまばくなん》

昼寝から覚めたら、通り過ぎる「剃刀研ぎ屋」の声が聞こえたのです。昔はこうして呼び歩いたのですね。寝覚めの物憂さに剃刀のひやりとした感じが「けり」という強い切れに響いています。

雪子　句会で、次のような「けり」の句を見ました。きっぱり言い切るか、軽く流した方がよいのか迷います。

惜《せき》春《しゅん》の鴉は鴉つつきけり

幼子の踊りつかれて抱かれけり

桃子　どちらも「けり」の句にするには、内容が軽いので、「ける」「をる」「たる」などにすると、次に続く言葉が急にとぎれた効果が出て、オドロキが伝わります。

惜春の鴉は鴉つつきたる

幼子の踊りつかれて抱かれをる

「けり」は、むしろもっと重くきっぱり断定的に述べる場合に使います。

子規忌へと無月《むげつ》の海をわたりけり　高浜虚子

死に絶えし生家に風を入れにけり　久米正巳

雪子　なるほど、重い強い切れになっていますね。

桃子　では、次の句は「けり」が効いていると思いますか？

春風に赤ちゃんの頬つつきけり

雪子　なにか、ふわふわやわらかそうで、「けり」は強過ぎるような。

桃子　そうですね。

春風に赤ちゃんの頬つつきもし

なんてしたら、かわいらしいでしょう。次の句はどうでしょうか？

荒《あら》神《み》輿《こし》ざんぶと海へ落としけり

雪子　これは強い調子で合っているみたいですね。

桃子　そう。だんだんわかってきますね。できるだけたくさんの句を読み、『聞いて楽しむ俳句（厳選名句）』（辻桃子・安部元気編著、創元社）などを聴き、句の感じによって、「けり」を選ぶコツを身につけましょう。

重く、強く、断定的に

切れ字「かな」

「かな」は案外むずかしい？

月子　「かな」を用いると俳句らしい句になるので、つい便利に使ってしまうのですが、本当は使い方はむずかしいですね。

桃子　切れ字の「かな」は大抵の場合、一句の最後につけて「……だなあ」と詠嘆の気持を表します。同じ切れ字の「や」「けり」と比べて、一句を言い切ってもなお静かで穏やかな余情が感じられます。

　まさをなる空よりしだれざくらかな　富安風生《とみやすふうせい》

は、「まるで空からしだれ桜がなだれ落ちるようだ」という感動を、空からしだれる一本の桜の枝のように一行のどこも切れずに、言葉がするすると下に流れるようにつながっています。読み終わった後も、満開の枝垂れる桜がたゆたうような気分が残ります。

月子　句会で、次のような添削がありました。

原句①　わが家のすべての窓に桜あり
添削①　わが家のすべての窓の桜かな
原句②　はらはらと水に散りゆく桜花
添削②　はらはらと水に散りゆく桜かな
原句③　帆柱の鐶《かん》高鳴らす南風《みなみかぜ》　石黒浮木
添削③　帆柱の鐶の高鳴る南風かな

これについて説明してください。

桃子　①の「あり」は説明で不要です。②の「桜花」も蛇足。「桜」で十分に伝わります。「かな」とすれば、目の前に桜の余韻が残ります。
③の「高鳴らす」も「南風」の説明に終わっています。「鐶の高鳴る」とすれば「かな」へ向かって一句がするすると流れます。
芭蕉は、「発句は頭よりすらすらと言ひ下し来たるを上品とす。（略）黄金《こがね》を打ちのべたるがごとくなるべし」と言っています。

月子　一句ごとに「かな」が活かせるかどうかを見極めることが大切なのですね。
雪子　ところで、少し面白い「かな」の句がありました。

日輪のいま山に入る桜かな　辻　桃子
稽古着の破れつくろふ桜かな　高杉空彦
残りたる鯛飯むすぶ桜かな　石井みや

上五中七は直接「桜」のことではありませんが、この「かな」はどんな使い方ですか？

桃子　上五中七では直接「桜」のことを言っていませんが、作者には「桜」が見えているのです。「日輪がいま山に入ろうとしているところに見えている桜だなあ」ということですね。また、「稽古着の破れを繕っていて、ふと見れば桜が咲いているなあ」とか。「今日の花見の残りの鯛飯をお結びにしていれば、ああ、改めて桜のころだなあ」という感じです。

慣れてくると、こんな「かな」に挑戦してみても面白いです。

「かな」へ向かって一句がするすると

吟行に行く（二）

泊まりの吟行って、心配

花子　今度、遠くへ一泊の吟行句会に誘われたのですが、私のような初心者でも行っていいのかしら？

桃子　知らないところに出かければ、日ごろ目にしないことを見たり、その地方にしかないものを食べたり、季題を知ったり、意外な発見があったりして、句にもなりやすいです。機会があれば、どんどん出かけてみたいですね。

花子　旅の服装や持ち物など、どんな準備が必要ですか？

桃子　吟行の旅は観光ではないので、華美な服装は不要です。ハイヒールなんてだめ。着やすい服、履きやすい靴が大切ね。目的地の気候・気温を調べて、寒冷地なら、十分な防寒着、雪靴なども。暑いところへ行くときは、脱ぎ着がしやすいものを重ね着して、朝晩の気温の変化にすぐ対応できるように。また、句会は旅館の和室ですることも多いので、座るのに楽な服装も大事。

花子 あまりよく知らない方と同室になったり、旅の間中、一緒に過ごすことが不安。

桃子 そうね。人によっては、朝から晩まで団体で過ごすことが苦手な人もいますね。そんな場合は、予め担当者に個室をお願いして、一人で過ごす時間が取れるようにすることも必要ね。自分で別のホテルを取るのもいいでしょう。でも、たいがいは修学旅行のようにたのしめるものよ。

花子 知らない土地でいきなり俳句を作るなんてできるでしょうか？

桃子 その土地はどんな場所なのか、どんな歴史があるのか、人の話を聞いたり本を読んだりして、その土地の古い歴史のある神社や寺は事前に調べておきたいですね。また、山や港や市場など生活に密着しているところも、見逃せません。そうして、知識で知るだけでなく、行ってみてその土地の空気を吸って体に感じることこそ吟行の醍醐味です。

花子 知らないことは、何でも土地の人に聞いてもよいのですか？

桃子 いいえ、市場などで、句帖とペンを手に、売手にものを聞くのは失礼です。必ずまずなにか買ってから、少しだけ尋ねるのがマナーです。どんな場合も、一心に働いている人にヒマな俳人がものを尋ねるのだという意識と謙虚さが大事です。

月子　本当にそう思います。この前も吟行先の里山でこんなことがありました。畑で腰をかがめて農作業をしている人を見かけて、急に大きな声で「何をしているのですか」「何の種を蒔いているのですか」などと矢継ぎ早に句材になりそうなことを聞いて回る人がいました。その農家の方はいちいち作業の手を止めて答えなければならず、迷惑そうでした。

雪子　ついつい句を作ることに夢中になって、句材を探し回るような態度は、同じ俳句仲間として恥ずかしいですね。俳句を作っていると、何でも許されるような気持になるのが怖いです。俳句を作る前に、普通の人間としての自覚が必要です。

桃子　まず人間として、その地の人を愛する気持、その地を大切に思う心がないとよい句はできません。むずかしく言えば、その地の地霊に対して、挨拶をするのだという心構えでいたいです。

俳人としての意識と慎みを忘れずに

草《くさ》木《き》花《はな》を詠む

歳時記と図鑑は違うの？

花子 吟行に行くと、名前を知らない草や木や花がたくさんあります。俳句では植物の名前が季題になっていますが、覚えるのはむずかしそうですね。

桃子 そんなにむずかしがらず、その草や木を好きになれば、すぐ覚えられます。どんな草木にも名前があって、俳句では雑草という言い方はしません。

一句の中に、具体的に草木の名前を詠むだけで、そこが海辺か山里かとか、花の色や大きさ、匂いまでも伝えることができるし、その植物に纏わる古くからのイメージや物語やいわれなどを連想し、先人の名句との関わりなども加わって、一句の奥行きがぐっと深まります。

花子 吟行のとき、先生は植物の名前をよく教えてくださいますが、どうやって覚えられたのですか？

桃子 子供のときから植物が好きで、庭や家の周りの草木は全部知っていました。この七十年くらいの間なら、どの草木がいつごろ日本に入ってきたものか、一目でわかります。母が名を教えてくれたり、自分で図鑑で調べました。

花子 草木の名前を覚えるコツを教えてください。

桃子 まず家の周りにある草木をよく見る。毎日歩く道なら、どんな芽か、どんな花か、葉っぱの形はどんなか、どんな実をつけるかなどを定点観測するのです。季節によって、同じ一本の木でも様子が違います。そして、名前がわかるものは、歳時記で調べましょう。俳人は歳時記という強い味方がありますから。

一年を通じて変化を観察して、ちょっとしたことを発見することが大切です。

花子 それなら、毎日歩く道が違って見えてきますね。

月子 吟行で見る植物にはよく似たものが多くて、植物図鑑で調べてもわからないときがありますね。

桃子 俳句は創作です。植物学ではないので、本当に見たものともしかしたら違っていてもいいのです。たとえば、路ばたの名前を知らない草を「芒《すすき》」にしてみて詠んだってよいのです。

山は暮れて野は黄昏《たそがれ》の薄《すすき》かな　与謝蕪村《よさぶそん》

よく見れば薺《なづな》花咲く垣根かな　松尾芭蕉

ままごとの飯もおさいも土筆《つくし》かな　星野立子《ほしのたつこ》

これらの句は、ちゃんと実物を知っていて、その植物の特性をきちんと写生《しやせい》しているから、いつでも共感を呼ぶのです。「薄」は細長い葉をなびかせて野にあり、「薺」はよく垣根や野や畑にあり、よく見ないとわからない小さな花をつけます。また、「土筆」は春一番にかわいらしい頭を出し、子供たちがこれで遊びます。

月子　昔と今は呼び方が違う植物もあるそうですね。私はどちらかよくわからなくて、こんな句を詠みました。

田平子《たびらこ》か仏《ほとけ》の座《ざ》かと歩きをり

桃子　「仏の座」と呼ばれている植物は、昔は「田平子」のことで、「春の七草」に数えられています。現在の「仏の座」は帰化植物の「姫踊子草」のことです。

土のまゝつまんで来るや仏の座　琢堂《たくどう》

七 草 や け ふ 一 色 に 仏 の 座　各務文考《かがみしこう》

田 平 子 や 午 後 よ り 川 に 人 の 出 て　岡井省二《おかいしようじ》

草木には、古くからの呼び方や地方独特の民俗学的な呼び名があって、たとえば、「医者不要《いらず》」とか「地獄《じごく》の釜《かま》の蓋《ふた》」「田打桜《たうちざくら》」など歳時記と植物図鑑と違う場合があります。季題として草木を詠む場合は、古来から人々が詩歌に詠んできたイメージを大切にしなければなりません。今は品種改良されたり、外国から入ってきた新しい品種があってイメージが変わっていますが、和歌や王朝文学や江戸俳諧などに詠まれてきた伝統的な美意識の方に、その季題の本意《ほんい》があるのです。

紫 に な り か け て ゐ る 式 部 の 実　辻 桃子

名前を覚えると句が深くなる

鳥を詠む

鳥はむずかしそう

月子　俳句を始めて、花や鳥の名をたくさん覚えました。でも、鳥は姿を見ても鳴き声を聞いても、その鳥の名前を言い当てるのがむずかしいです。先生は「日本野鳥の会」の「野鳥」俳句欄の選もしておられますが、どうすれば鳥を覚えられるでしょうか？

桃子　俳句では、花や草木や鳥は「花鳥諷詠《かちょうふうえい》（高浜虚子が唱えた自然を写生する精神をいう）」の大事な材料です。でも鳥は身近にいるのにじっくりと見られる機会は少なく、鳴き声も季節や鳥の成長に合せて変化するので、詠むのがむずかしいですね。鴉や鳩や雀など毎日見ている鳥は特徴がわかるように、知らない鳥もいつも心がけて鳴き声や姿を繰り返し見るようにしていると、少しずつ覚えてきます。

花子　鳥にはどんな季題があるのかしら？

桃子　たとえば、年中身近にいる鴉の場合、春は「春鴉《はるがらす》」でのんびりと暖かな春の感じを、冬は「寒鴉《かんがらす》」で寒さの中の荒涼とした姿を、新年は「初鴉《はつがらす》」でふだんは不吉な鴉もめでたく句に詠むとよいです。雀も「孕み雀《はらすずめ》」「雀の巣」「雀の子」など春の繁殖期の雀や、「稲雀《いなすずめ》」と言って秋に稲田にやってくる雀を詠むのもよいでしょう。

　ばらばらに飛んで向うへ初鴉　　高野素十《たかのすじゅう》

　稲雀天皇陛下長靴で　　依田小

月子　身近な鳥にもいろいろな詠み方があるのですね。名前はよく知っている「鶯《うぐいす》」「燕《つばめ》」はどうですか？

桃子　「鶯」は、春になるとホーホケキョと現れるので「春告鳥《はるつげどり》」、冬や早春にチャッチャッと笹やぶで鳴くのを「笹子《ささご》」「笹鳴《ささなき》」、夏は「老鶯《ろうおう》」「夏鶯《なつうぐいす》」と言います。

　老鶯や谷をへだてて幽かなり　　五百木飄亭《いおきひょうてい》

「燕」は春に渡来して巣を作り、子育てし、秋には南方へ渡ります。「燕来る《つばめくる》」

「軒燕《のきつばめ》」「夏燕《なつつばめ》」「帰燕《きえん》」などと、渡り鳥としての動きを詠むことができます。

雪子　歳時記には「つばくらめ」「つばくら」「つばくろ」ともありますね。

桃子　俳句ならではのたのしい呼び方ですね。「葭切《よしきり》」を「行々子《ぎょうぎょうし》」、「梟《ふくろう》」も夏は「青葉木菟《あおばずく》」「仏法僧《ぶっぽうそう》」、冬は「みみずく」「ずく」と詠んだりして。

　　行々子殿に一筆申すべく　　波多野爽波《はたのそうは》

月子　鳥の名前がわからないと句には詠めませんか？

桃子　そんなことはありません。見ているときの気持を詠んでもいいし、後で図鑑で調べて詠んでもいいし。あるいは、今まで書物や詩歌で読んだイメージを活かして作ってみてもよいのです。図鑑で見た鵯《ひよどり》に似ていたら、「鵯や」と作ってしまう。俳句は生物学や鳥類学ではないのですから嘘でもよいのです。でも、鳴き声や生態が違っていたらだめです。ここで写生の目を活かして、じっと写生しましょう。『俳句の鳥』（辻桃子監修、創元社）も参考にしてください。

声も姿もじっと写生して

擬音語《ぎおんご》・擬態語《ぎたいご》

オノマトぺってなに？

花子　「擬音語・擬態語」とか「オノマトペ」とは、どういうものですか？

桃子　たとえば、「わんわん」「ぴぃぴぃ」「とんとん」「がたぴし」など、実際の音声を真似て言葉にしたものを、「擬音語」とか「擬声語」と言います。「ひらひら」「じろじろ」などものの様子や人の動きを表す言葉を「擬態語」と言って、これらをまとめて「オノマトペ」と呼びます。

花子　それなら簡単そうですね。「ホーホケキョ」は鶯、「ワッショイ」は祭ですね。

　　今日も来てホーホーケキョと啼いてをり

　遠くから祭囃子《まつりばやし》やワッショイショイ

桃子　それは「言わずもがな」の表現です。すでに知っているイメージに頼ることは、わかり過ぎて幼い感じになったり、説明的になりやすく、新鮮味に欠けます。でも、オノマトペを効果的に使えば、その物事の状態を生き生きと単純に伝えられるので強みになります。

月子　効果的にとは、どういうふうに使うのですか?

桃子　できるだけ、今まで使われていない音を考えましょう。たとえば、「川の水」が「ざあざあ」は当り前。私の句に、〈冬の川とろりとろりと流れけり〉がありますが、氷りそうに凍てついた感じを出したかったのです。

月子　古今の名句の表現を自分の句に使ってもいいですか?

桃子　今まで誰も使わなかった特別なオノマトペは、それをはじめて使った人のオリジナルですから、後から行く人が勝手に使ってはいけません。

ひらひらと月光降りぬ貝《かひ》割《わり》菜《な》　川端茅舎《かわばたぼうしゃ》

どでどでと雨の祭の太鼓かな　高浜虚子

「ひらひら」と「月光」、「どでどで」と「太鼓」、「冬の川」と「とろり」は、すでに先人の創作です。

一句の中の二つの言葉の組み合せにオリジナリティがあるのですから。たとえば、「焼芋」と「はふはふ食ふ」はすでにあり、とか。

月子　それ以外なら、自分でどんどんオノマトペを作ってもよいのですか？

桃子　もちろん、それが俳句を作るということです。すでにある言葉でも、意外なものの形容にしたり、本来の使い方から少しずらしてみたりすると、新鮮で個性的な一句になります。たとえば、虚子の句で〈大根を水くしやくしやにして洗ふ〉は、紙や布や顔の表情に使われる「くしやくしや」を水に使ったことに意外性があるのです。けれど、どんな場合もそれを読んだ人が、思わず「そうだ」と膝を打つような表現でなければね。

花子　擬音語・擬態語は、ひらがな表記とカタカナ表記とどちらがいいですか？

桃子　基本的には、日本語はひらがなですが、ときにはカタカナの方が効果が出ることがあります。

チチポポと鼓打たうよ花月夜　　松本たかし
うぐひすのケキョに力をつかふなり　　辻　桃子

など、ひらがなではインパクトがありませんね。ひらがなはやわらかい感じに、カタカナは言葉を際立たせます。

霜柱ぐわらぐわらくづし獣追ふ　前田《まえだ》普羅《ふら》

潮騒にたんぽぽの黄のりんりんと　阿波野《あわの》青畝《せいほ》

だだだだと降り消防夫駆け廻る　水上黒介

豊の秋ぱおんぱおんと鳴く孔雀　田代草猫

手はじめにああんと鳴いて恋の猫　増田真麻

オノマトペは自分で作ってもよい

三《さん》段《だん》切《ぎ》れ（三《み》切《き》れ）

ぷつぷつ三つに切れるとは？

花子　「三段切れ」になりやすいので避けるようにと言われました。三段切れの句とはどんな句ですか？

桃子　例を挙げてみましょう。

　　老 姉 妹 建 国 記 念 日 旅 行 中

この句は、意味はよくわかりますが、三つの漢字の言葉が「老姉妹」「建国記念日」「旅行中」とぶつんぶつんと切れています。これを三切れ、三段切れと言います。〈建国の日を旅したり老姉妹〉としましょう。

　　ゴ ル フ 場 富 士 の 裾 野 や 赤 と ん ぼ

この句は、一つの景を詠んでいるのですが、ゴルフ場・富士の裾野・赤とんぼと、三つの名詞がそれぞれに意味を持っているので、一句の焦点がどの言葉にあるのかわかりません。〈ゴルフして富士の裾野や赤とんぼ〉と、上五中七までつなげて、切れ字「や」を使いましょう。

石地蔵風の冷たさ秋の声

この句も、ポツポツと切れてしまっています。上下逆にして、〈秋声や冷たき風に石地蔵〉とすれば、風の冷たさの中で石地蔵にお参りしたら、どこかで秋声を感じさせる音がした、となります。

雪子 俳句に「切れ」は大切ですが、一句の切れは必ず一ヶ所です。

上下共に名詞の句は避けた方がいいのでしょうか？

桃子 たとえば、〈青田風《あおたかぜ》まっすぐに行く電車道〉はどうでしょう？

この句は、青田風が電車道をまっすぐに行くのか、電車道がまっすぐに行くのか、中七がどちらにかかるのかわかりません。中七を「まっすぐ行くや」と切れば「風がまっすぐに行く」とわかります。「青田ぬけ」とすれば、「作者がまっすぐ行く」のだとわかります。

月子 ①　木下闇《こしたやみ》うすぐらくある荒物屋

② 紅葉《もみぢ》狩《がり》待ちどほしきよ同級会

どちらの句も、中七の言葉のうすぐらいのが「木下闇」か「荒物屋」か、待ち遠しいのは「紅葉狩」か「同級会」か、と上下どちらにかかるのかわかりにくいですね。

桃子 ①は「下闇や」とすれば、うすぐらいのは荒物屋。②は〈待ちどほし同級会の紅葉狩〉とすれば、待ち遠しいのは紅葉狩とはっきりします。

月子 それでは、上下共に名詞の句は絶対に作らない方がいいのですか？

桃子 そんなことはありません。上下共に名詞になっていても、わかりやすければよいのです。上五に使うなら「や」で止めてみるとか、ひらがなにするとか、漢字と漢字の間に「の」を入れるとかして、句型が固くがっちりし過ぎないように工夫することが大切です。

一句の切れは一ヶ所に

言葉の使い方

言葉をわかりやすくとは？

花子　俳句ではわかりやすい言葉を使うように言われます。具体的にはどうすればよいのでしょう？

桃子　できるだけ、耳慣れない言葉や耳で聞いてすぐわからない言葉は避けるのが基本です。短い俳句ですから、一読すっとわかることが大切です。

月子　そう言えば、句会で披講されたとき、すぐにイメージが浮かばない句がありました。

蘆《あし》角《づの》や市《し》境《きやう》の水のうす濁り　石黒浮木

桃子　「蘆角」は「あしかび」とも言い、蘆（葦）の新芽のこと、古典的な表現ですが、俳句では「蘆《あし》の角《つの》」の方がわかりやすいです。「市境《しきよう》」は市と市の境界の意味で使っているようですが、聞き慣れない言葉です。漢字二文字の場合は原則的に音読みをするので、言葉が硬くなります。「市《いち》の境《さかい》」と言い換えられればいいのですが。

同じ句稿の中に〈木《き》々《ぎ》瑞《みづ》枝《え》うぐひす餅は浅《あさ》黄《ぎ》色《いろ》〉という句がありましたが、「木々瑞枝」は短歌的です。『万葉集』など和歌には使われていますが、俳句では馴染みにくい言葉ですね。俳句はきりりと切った、単純な言葉が似合います。

月子　一句に漢字ばかりが続くと、硬い感じがしますね。

部 屋 部 屋 に 鉢 花 隠 し 春 の 雪

桃子　まず「部屋部屋」が重い。「部屋ごとに」とか、軽快に。「鉢花《はちばな》」も詰まった感じ。「鉢植の花」とか「鉢の花」と、ゆったりと漢字をやさしく使いたいわね。〈部屋ごとに鉢の花入れ春の雪〉としましょう。十七文字に収めようとして、むりやり造語を作ってしまわないように。

月子　桃 の 花 配 り て を り ぬ 駅 通 路

これも「駅通路」とはあまり言わないですね？

桃子　コンコースのことを駅通路と言い換えたのでしょうが、窮屈な言い方ですね。

〈桃の花駅の通路に配りをり〉とすればゆったりとした感じが出ます。
もう少し例を挙げてみましょう。

① 町内にいつせいにして雪《ゆき》掻《かき》音《おん》
　町内に雪掻きの音いつせいに

② 寒中や元気水鳥水しぶき
　寒の鳥元気に水のしぶきあげ

③ 草《くさ》田《た》男《を》碑《ひ》梅花びらのちりかかる
　草田男の碑にちりかかり梅の花

月子　なるほど、無理のない表現になりましたね。

桃子　言葉は、ていねいに、平明に、使うということをいつも心がけましょう。

言葉をゆったりと平明に

わからない句

意味が伝わるようにするには？

花子　吟行で詠んだ句が、どういう場面かわからないと言われました。作者はとてもよい句だと思っているのですが。

桃子　どうしてわかってもらえないのか、例をあげて考えてみましょう。

花子　では、吟行で夏祭に行ったときの句から。

①　改札の天井飾る星祭

②　晩夏はや鳥居に雲母《きら》《ら》きらめくも

③　空つぽの神《み》輿《こし》庫《ぐら》なり瓜一つ

④　へそ見せて裸を見せてソーダ水

⑤　をんなよりをとこへ空《うつ》蝉《せみ》の移る

桃子　どの句も作者にとっては大発見なのでしょうが、その感動を伝える前に、状況が正しく伝えられていませんね。

①は、駅の改札を出ると七夕飾が天井から下がっていた景なのですね。でも、星祭は彦星と織姫星が年に一度出会うという伝説の行事そのものを言うので、ここではきちんと「笹飾《ささかざり》」と言わないと「星祭」が天井を飾るのはヘンです。

②も、作者は石の鳥居を見て詠んでいるのですが、木や青銅の鳥居もあるので、石の鳥居の中にある雲母だと言わないと読み手にはわかりません。

③は、なぜ瓜が一つ空っぽの神輿庫にあるのでしょう？　捨てられているのか、お供えしてあるのか、仕舞ってあるのか？

④は、へそや裸を見せるとは普通はしない大変なことなのに、どういう状況なのかもっとわかりたい。

⑤は、女の人が側にいた男の人に蟬殻を渡した行為を「移る」と詠んだために、その場にいない人には、なぜ移るの？　と疑問です。「空蟬を渡す」と女の人の行為として詠めば深い句になります。

花子　お祭のような特別な場面では、非日常的なことを面白いと思って句にしてしまいがちですが、もっと冷静な目で詠まないと伝わらないのですね。

桃子　では意味が伝わるようにしてみましょう。

①笹飾り改札口の天井に

②晩夏はや石の鳥居の雲母にも

③瓜一つ供へ神輿の庫は空ら

④ソーダ水のむや少女らへそ見せて

⑤をんなよりをとこへ空蟬を渡し

吟行では、みんなが同じところを見ているので、言わなくてもわかると思いがちですが、その場にいない人の目で見て、一句だけで伝わるかどうか、もう一度見直してみることが大切です。

同時に、読み手もわかったつもりにならず、厳しく、少し冷めた目で一句を読む読み手になりましょう。

その場にいない人の目で見直す

流行語や現代的なカタカナ語

流行語・片仮名《カタカナ》語って面白そう

月子 生活様式や文化が新しくなって、流行の省略言葉やカタカナ言葉が増えてきましたが、俳句にすぐに取入れてもよいのでしょうか?

桃子 俳句で流行語のような一過性の言葉を使う場合は慎重に考えましょう。ただ面白そうだからと受けを狙ったような句は、すぐに忘れられてしまう軽い句になってしまいます。

月子 句会で〈百均《ひやっきん》の女雛《めびな》男雛《をびな》や緋毛氈《ひもうせん》〉という句が出ましたが、「百均」がわからない人もいました。

桃子 「百均」は流行の「百円均一店」のことですか?

今まで私は「百均」と使ったことがないし、まだそれを使った佳句にも出会いません。俳句は短いからといって、むりやり言葉を縮めて使ったり、自分で造語したりすると、読み手に通じないこともあります。どんな言葉も使っていけないことはない、何でも使ってみればよいのですが、使い方はむずかしいです。

月子　外来語を縮めて使っているパソコンやコンビニなどはどうでしょうか？

桃子　外来語を縮めるといっても、エレベーターをエレベータ、セーターをセータとするくらいは、すでに虚子が使っているからいいですね。パソコンやコンビニも日本語として現代の生活で一般的に使われているから、俳句にもうまく取入れた句が生まれると、もっと定着してくるでしょう。こんな句も参考になるでしょう。

うら淋しコンビニおでん温くけるに　大久保りん

パソコンのメール開くも事務始《じむはじめ》　西山鳥海

軍用のヘリに吹かれて吾亦紅《われもかう》　佐藤　信

軍用とあればヘリがヘリコプターだとわかります。

流し目のキャバレダンスや灯涼し　安藤ちさと

キャバレーをキャバレとしてもわかります。

月子　逆に、カタカナを避けて、「エレベーター」を「昇降機《しょうこうき》」と言い換えたりする例もありますが、カタカナはなるべく使わない方がいいのでしょうか？

桃子　そう言えば、こんな句がありました。

昇降機夜《や》業《げふ》の人を降ろしけり　立松けい

雛の市エレベーターを降りたれば　辻　桃子

「昇降機」の硬い漢字が「夜業の人」という少し古い言い方に合っています。「エレベーター」の方は「雛の市」という古き佳きものとの取合せの異和感が見所。「ストーブ」を「暖炉」、「アイスクリーム」を「氷菓」と言い換えたりして、一句の中でカタカナか漢字か、どちらが活きるか選んで使えばよいのです。

一句の中で活きる方を使う

「一物仕立《いちぶつじた》て」と「取合《とりあわ》せ」

イメージを一つに絞るか二つに離すか

月子　俳句の作り方には「一物仕立て」と「取合せ」があると聞きましたが。

桃子　そうです。では、一物仕立ての例を挙げてみましょう。

水仙の花のうしろの蕾かな　星野立子

去年までうけら焼きしと漢方医　谷いくこ

さりげなくあかね葛《かづら》を付けくれし　西沢　爽

一句目は水仙の花のそのうしろにまだ蕾もありました、という発見。二句目は漢方医が去年までうけら（朮）を焼いていたと聞いてそのまま句に、また三句目はあかね葛をさりげなく付けてくれたという人の様子を句にしています。

どの句も一つのものやことだけを途中で途切れることなくするすると述べてい

ます。このように、一つの句材だけで一句を詠むことを「一物仕立て」と言います。

月子　では、「取合せ」の句はどうですか?

桃子　「取合せ」の句は、一句の中で二つの句材を取合せてつくる句のことで、句材とは句をつくるための材料のことを言います。

芋の露連《れん》山《ざん》影を正しうす　飯田蛇笏

青《せい》天《てん》や白き五弁の梨の花　原《はら》石鼎《せきてい》

手前に芋畑の芋の葉があり、遠くに山がきりりと連なっている景です。「芋の露」と「連山」との取合せです。また、「青天」の句の方は、晴れた青い空が広がっています。その下に、目の前の梨の花は真白くきっちりと五枚の花びらを開いている景です。「青天」と「梨の花」の取合せです。

このように、一句の中で季題とそれ以外の事柄は別々のものです。一見何の関係もなさそうな二つのものが一句の中で取合さったとき、深いイメージが湧きます。

月子　私は一物仕立ての句の方が作りやすいような気がしますが。

桃子　そうとも言えないのです。「一物仕立て」は、たった一点に集中して描写するのですから、平凡になりがちです。しっかりとした写生の目が要ります。対して、「取合せ」は、句材と季題を離せば離すほどイメージが膨らみ、感動を大きくできるたのしさがあります。いわば、探検家のような期待感があります。ただ、離れ過ぎてわけがわからなくなることもあるので気をつけなくてはね。

取合せの句では、

夏草や兵《つはもの》どもが夢の跡　松尾芭蕉
さみだれや大河《たいが》を前に家二軒　与謝蕪村
万緑の中や吾子の歯生え初《そ》むる　中村草田男《なかむらくさたお》

一物仕立ての句では、

羅《うすもの》をゆるやかに着て崩れざる　松本たかし
まさをなる空よりしだれざくらかな　富安風生
瀧の上に水現れて落ちにけり　後藤夜半《ごとうやはん》

どちらもしっかりと写生を

即《つ》き過《す》ぎの句

二つのものの離し方とは？

月子　一物仕立ての句と取合せの句の違いについて教わりましたが、取合せの句では、二つのものの離し方がむずかしそうですね。句会でも、季題が即き過ぎだとよく言われますが、即き過ぎとはどういうことですか？

桃子　簡単にいうと、即き過ぎというのは、季題の持っている本来のイメージ（本意）と同じことを季題以外の部分で繰り返すこと。これは季題の本意を説明していることになり、読みが広がりません。今ふうの言い方で言えば、「べた即き」「ベタ」という感じでしょう。即き過ぎの例句を見てみましょう。

どの窓も明かりのなくて秋寒し

秋の夜更け、明かりの点いていない家に帰ってくると、急に寒々とします。これは、誰にでもよくわかる句です。でも、「どの窓も明かりのなくて」と言っただけで、寒々しい気分になるのに、さらに「秋寒し」と念を押すと、これが即き過ぎになってしまいます。家には誰もいないが空を見上げると星がきれいだな「秋の星」とか、家人はさっさと寝てしまったけど、しんとしたわが家を見ていると、しみじみ秋も深まったな「秋深む」とか。少し視点を転じると、また別の情趣が湧いて味わい深くなります。

月子 では、これらの句はどうですか？

　供養塔細々として秋寒し
　欠けてゐる夫婦茶碗も秋寒し
　秋寒の階段のぼる傘を杖

桃子 「供養塔」「欠け」「傘を杖」などという淋しいことに淋しい季題がついて、みな即き過ぎです。

月子 では、これらの句を活かすには、どうすればよいですか？

桃子 〈供養塔細々として秋日和〉とか、逆に秋の暖かな日よりの季題をつけてみてはどうでしょう。供養塔は細々と淋しいのだが、今日は秋らしい晴れた気持のよい日。せめて供養するという思いは明るいのだ、という感じ。淋しい気持を明るくひっくり返して、生きているのは悪くないな、という明るい心にさせると、句が深くなります。また〈欠けてゐる夫婦茶碗も豊の秋〉とか、〈秋光に階段のぼる傘を杖〉とかしてみても同じ感じになります。

月子　なるほど、ほどよく離れましたね。

桃子　ほどよく離すためには、まず季題の本意を知らなければなりません。即き過ぎ対策には、歳時記をよく読み、使い込んで、季題の一つ一つを身につけてゆくことが大切です。

雪子　時々、即き過ぎでも、反ってそれがいいなと思う句もありますが。

ハローワーク出づれば寒の雨がもう　小川春休

義士《ぎし》の日やざくざくざくと雪を行く　桜庭門九

出会ふのは不祝儀《ぶしうぎ》ばかり石蕗《つは》の花　井ヶ田杞夏

桃子　そういう場合もありますね。「ハローワーク」と「寒の雨」は関係のない二つのものの取合せですが、「寒の雨」という季題によって、ハローワークで上手くいかなかったのかな、そんな日の雨はどんなにか寒いだろうな、と思わせて即き過ぎが反って切なくさせます。

二句目は、「雪を行く」のは作者ですが、赤穂浪士の討入りの夜は大雪だったことを思うと、今聞こえる「ざくざくざく」の足音とよく響き合って、即き過ぎのよさがある句です。

三句目は、鮮やかな黄色の「石蕗の花」と「不祝儀」の離れた取合せですが、石蕗は暗い裏庭などによく咲いているので、葬式のあったような家の暗い感じを引き立てています。

どれも季題がうまく働いた結果、即き過ぎのよさが生まれました。取合せの句では、季題の説明をせず、季題を上手く働かせることですね。

雪子　やっぱり歳時記で季題の本意を知ることが大事なのですね。

淋しいことに淋しい季題は即き過ぎ

離れ過ぎの句

季題が響かないとは？

雪子 取合せの句では、「即き過ぎ」に対して「離れ過ぎ」と言われることもあります。どういう状態が「離れ過ぎ」ですか？

桃子 「即き過ぎ」は季題と作者の言おうとする内容の関係がわかり過ぎることが問題なのです。「離れ過ぎ」は、季題と述べられた内容の関係が離れ過ぎ、突拍子もなくすっとんでしまっている場合です。その結果、季題がなにをイメージしているのか想像しにくく、「季題がうまく働いていない」「季題が響かない」ということになってしまいます。例句で説明しましょう。

匙加減火加減もよし枇杷《びは》の花

台所で料理をしている場面だと思ったら、いきなり庭先の花が現れます。せっかく美味しい料理ができそうで気分も盛り上がってきたのに、庭の花に視線を転じたので、視点がぼやけました。季題が離れ過ぎです。

雪子　現実に、庭に枇杷の花が見えたのですが、季題を離し過ぎると場面が読みとれなくなるのですね。

桃子　たとえば、「枇杷の花」の替わりに「節料理《せちりょうり》」としたら、これは即き過ぎ。でも、「年の夜」などにすれば、大晦日にお節料理を作っているのかなと、その状況や場面も推測されて、美味しいお節を作るぞという作者の心まで読みとれます。

雪子　室内の料理の一物仕立てになるのですね。

桃子　豆腐屋の吹き吹き行けり枯《かれ》木《き》山《やま》

遠くに枯木山が見えるのかもしれませんが、これでは、「枯木山」の中で売り歩いているようで離れ過ぎ。「枯木立《かれこだち》」とすれば、その中を吹き吹きゆくのはわかりますね。

　寒鯉や母の大事な写真帖

写真帖に寒鯉の写真があるのか、庭に鯉の池があるのかもしれませんが、やはり、写真帖は室内のもの。離れ過ぎです。

母犬は子犬を追って冬至かな

内容と季題のつながりに「意味」や「響くもの」が感じられず離れ過ぎ。「草萌ゆる」「冬の草」など、庭や野の感じにしてみては。

訃報来てほのぼのひらくチューリップ

これでは、人が死んだのがほのぼのとうれしいみたいで、離れ過ぎ。

雪子 取合せた二つのものが離れていても、どこかで響き合っていなければならないのですね。でも、それはどうすればわかるのでしょう?

桃子 取合せる二つのものの距離感は、ルールがあるわけではないので、少しずつ自分の感覚を磨いて理解してゆくようにするしかありません。古今の名句や、歳時記の例句などを何度も読んで、その離れ具合、即き具合を覚えるようにしましょう。

離れていてもどこかで響き合う

類《るい》句《く》・類《るい》想《そう》句《く》

どのくらい似ていれば類句？

花子　せっかく一生懸命作ったのに、句会で出したら「この句は類句があります」と言われました。そう言われても、私はその句を知りませんでした。決してマネして作ったのではないのです。そんなときは、どうすればいいですか？

桃子　俳句はたった十七文字で表すのですから、似た句ができてしまうことはよくあります。先に作った人がいて、その句と似ていると言われたら、後から作った人はきっぱりあきらめてその句を捨てなくてはなりません。

花子　今までには膨大な数の句が作られ、発表されていますが、全部を知ることはむずかしいでしょう？

桃子　出版物などですでに活字になって発表されていれば、後から作られた句はすべて類句になります。

花子　一つの景を見て、他の人と同じことを思ってしまうのは、仕方がないことのように思いますが。

桃子　仲間の句会では類句のことはあまり気にせず、まずはできた句を出してみることです。そこで、類句であると言われたら、類句でなくなるようにもう一度推敲して作り直せばいいのです。

月子　全く同じではない句の場合、どのくらい似ていれば類句と言われるのですか？

桃子　例句で説明しましょう。

春風と厄《やく》除《よ》け門をくぐりけり

春帽子厄除け門をくぐりくる

この二句は作られたときも作者も違うのですが、同じ吟行先で同じ厄除け門をくぐり、季節も同じだったので、以前の他の人の句と似た句ができてしまいました。ただ、一句の中で、「厄除け門」「くぐり」と同じ言葉が二つあり、しかも、「春風」と「春帽子」は季感が同じです。これでは後から作った句は「先句あり」ということになります。たとえば、〈くぐりくる厄除け門や春帽子〉と推敲すれば、前の句とは少し違う感じになりますね。

雪子　俳句の世界では、類句を作らないようにすることはむずかしそうですね。

桃子　そうですね。以前にこんなことがありました。

俳壇賞候補作品に選ばれた連衆の作品の中の一句に〈雪原を貫くものに川一つ〉がありました。審査員は昔の名句〈ながながと川一筋や雪の原　野沢《のざわ》凡兆《ぼんちょう》〉と発想が似ているので類句としました。作者は凡兆の句を知らずに自分の発想で作ったのですが、比べてみると詠まれている情景は似ていますね。

明らかに類句・盗句、故意に似ている句を作るなどして発表するのは、作家としてのモラルに欠けます。少なくとも俳人として心得るべきこととして、芭蕉は「他人の句に似た句は作らない」ようにと説いています。また「自分の句が他人の句に似てしまったら、その句も捨てる」とも言っています。たやすく他人がまねできるような句は、大した句ではないと言っているのですね。

雪子　まあ……。

他人の句に似た句は作らない

句の鑑賞と句評（一）

よい句評とは？

花子　句会では、句を選んだ理由を聞かれますが、私はうまく話せません。

桃子　人の句を読んで、どこがよかったかを手短に話し、批評することを句評と言います。これを上手にするには、少し訓練が要ります。慣れないうちは、無理にむずかしいことを話そうと思わなくてもよいのです。

「この言い方が好きです」「景がすっと浮かんできます」「よく観察していますね」とか「リズムがいいです」「季題がよく効いています」など、自分がよいと思った点を一つ言いましょう。

花子　他の人と同じ感想のときは、「私も同じです」と言えばよいですか？

桃子　そういう場合もありますが、できるだけ、違う点を見つけるのが勉強です。

花子　「私もこのことを作ろうと思ったのですが、上手く作れなかったので」とつい言ってしまうのですが。

桃子　それは言う必要がありません。同じものを見ても先に一句にまとめて出句した人の句になるのですから、言い訳になってしまいます。

月子　ここをこう直せばもっとよいという批評を言う人もいますね。

桃子　それも句評の一つですから、納得できるときは参考にしましょう。

月子　でも納得のいかない句評もあります。

桃子　ほんとうに嫌な句評をされることもありますよね。でも、そういうときは、この人はこの位しかこの句を読めないのだと、心の中で批評して、聞き流しましょう。構わずに「私は私流」でゆけばよいのです。

どんな句であれ、それは「その人の作品」なのですから。

では、実際に句を鑑賞してみましょう。

遠山に日の当りたる枯野かな　　高浜虚子

有名な句ですが、この句からどんなことを感じますか?

花子　えーと、田舎の懐かしい風景が浮かんできます。

月子　枯野は寂しいけれど、「日の当る」にほっとするような感じがします。

雪子　遠山と枯野、なんだか老年の心境のような句ですね。

桃子　みないい鑑賞ですね。一読して、どんな場面が浮かび、どんな気持になるかを素直に言えばいいのです。

でも、この句は、虚子が弱冠二十六歳の若さで詠んだ句でした！

そんなに若くして、老年を感じさせるような句も作っていたのですね。

月子　この句は、ただ眼前の風景描写に終わらず、広大な寂しい枯野の先に、遠いけれど日の当る場所があることを一つの救いのように感じているように思えます。

雪子　この句からは、人生における人の心の在り方までも感じます。遠山と枯野という一見なんでもない言葉からこんなに複雑なことが伝えられるのですね。

桃子　とても深い句評ですね。でも、誰もがそこまで句評しなくてよいですよ。ただ「遠くに山があり、そこは日が当っている。手前に枯野が広がっている景です」とそれだけが読みとれればよいのです。

私は私流に句評を

句の鑑賞と句評（二）

もっと深い句評をするには？

桃子　では、この句を読んでどう思いますか？

ゆさゆさと大枝ゆるる桜かな　村上《むらかみ》鬼城《きじょう》

花子　ただ大枝が風に吹かれて揺れているだけの平凡な句だと思いますが。

月子　私は、桜は静かに咲いている景を詠んだ句は多いと思うのですが、こんな大枝が揺れるほどの風が吹いている句は珍しいなと思いました。

雪子　私は、「ゆさ」「ゆさ」と「ゆ」「る」「る」の言葉の連続で、その桜の大枝が大きく揺れている様子がよく写生されていると思いました。

桃子　雪子さん、それは深い読みですね。

雪子　もっと句を深く読みとる手がかりのようなものがありますか？

桃子　句を読むときは、まず詠まれたこと一句の、そこに書かれていることだけをそのまま受け取ることが大事です。写生をしている句なら、対象をどのように捉えているか、真っ直ぐにか、なにか新しい発見があるか、共感や驚きを読みとりましょう。

月子　私は一句を読んだときに、この句にはどういう人生の教訓があるのかしら、といつも考えてしまいます。「桜に大風」というのは、人生の大事に出会ったときのことをたとえているのかしら、とも思ったのですが。

桃子　月子さん、その読み方は間違っていますよ。あっさりと教訓がわかるような句は悪い句です。なんだか教訓など無いようだけれど、現実の一こまが写生されているなあ、というのが本当の俳句です。この桜の句は、桜の大枝が風に揺れていること以外、なにも言っていませんが、その眼前の景が魅力なのです。

月子　そうなのですか。

桃子　その上で、深く読みとるなら、句の構造をもう一度よく見てみましょう。切れ字「や」に注目すると、もっと重層的にその奥を捉えることができます。

雪子　一句の構造から奥を読むということですか?

桃子　そうです。切れ字「や」のあるなしを読み比べてみましょう。
①　筑《つく》波《ば》嶺《ね》の花《はな》屑《くづ》を這ひ虻《あぶ》ひとつ
②　筑波嶺や花屑を這ひ虻ひとつ
①の句は、「筑波嶺の花屑」とつながっていますね。これは、筑波の嶺に行ったら、そこの花屑に虻がひとつ這っていた、という写生句です。②の句は「筑波嶺や」で一旦切れています。まず「ああ！　筑波の嶺よ」という感嘆の思いで山を見ています。
雪子　以前に、切れ字の「や」は、一句の中で一番ポイントになる言葉を強調すると教わりました。一番言いたいのは、「筑波山」なのですね。
桃子　そうです。それから目を転じて、目の前の花屑に虻が這うのを見たのです。以前に「取合せ」ということを話しました。五七五の一句の中に二つの世界が展開していることでしたね。この句にも、筑波嶺そのものと目の前の虻の動きと二つの世界があります。
まず、「筑波嶺や」と読み、一息つき、それから下へ読み下してゆくのです。そして、「筑波嶺」についてさまざまなことを思い浮かべます。筑波山は男体と女体の二つの峰があることから、古くから恋の歌枕《うたまくら》になってきました。百人一首の〈筑波嶺の峯より落つる男女川《みなのがわ》恋ぞつもりて淵となりぬる　陽成院〉を想い起こしたり、筑波山神社の樹齢八百年の大杉の荘厳な姿なども浮かびます。

それから目を下に転じ、ふりつもる桜の花屑の中に、今たった一匹の虻が生きて這っている、とこんな小さなところに目をこらしています。

このように「や」で切れば、一句の構造は複雑になります。その結果、読み手は自由にさまざまなことを背景に読めるので、句評も自由に広げていいのです。

雪子　そうですか。そんなに自由に読んでいいと言われても、読み手が歴史的な背景や古今の名句に精通していなければ読み切れませんね。

桃子　でも、そういう歴史を知らなくても、現実の虻が面白いと思うだけでもよいのです。作者の意図を超えて、「作品が勝手に一人歩きする」こともあるとよく言われます。これは、読み手が深く読んで自由に発想して、いろいろな鑑賞を誘うことを指して言うのです。やはり俳句はよき読み手に恵まれてこそと言えますね。

よき読み手に恵まれてこそ

一年中ある季題

季題の本意ってなに？

花子　句会で兼題に「ハンカチ」が出されました。年中使っているハンカチなのにどうして夏の季題なのですか？

桃子　ハンカチはハンカチーフという英語を略した言葉で、歳時記の「ハンカチ」の項目には、「汗巾《あせふき》」「汗拭《あせぬぐ》い」という言い方も出ています。暑いときに汗を拭くための布というのが本意なので、夏の季題になっています。

月子　句会ではこんな句が出ましたが、私は夏の感じがしませんでした。

　ハンカチやアイロン掛けつつたたみつつ

　ハンカチの裏を返して手品かな

桃子　そうね。ハンカチにアイロンを掛けたり、ハンカチで手品をすることは一年中ありますが、一句にハンカチとあれば夏の句として読みます。
夏の季題には夏の暑さを感じとって読むことも大事ですが、この二つの句には、あまり暑さの共感がありませんね。
こんなハンカチの句もあります。

ハンケチ振つて別れも愉し少女等は　富安風生
敷かれたるハンカチ心素直に坐す　橋本多佳子《はしもとたかこ》

月子　季節はやはり夏ですね。私は、特に白いハンカチには暑さを感じます。

葬列のハンカチ白く畔行けり　いとう紫
ハンカチの白きに白き刺繍かな　辻　桃子

桃子　もともとハンカチは白の木綿が定番ですね。他にも、一年中あるけれど、白ゆえに夏の季題になっているものもあります。白服、白シャツ、白靴、和服なら白地、白絣《しろがすり》なども白ゆえに夏の季題です。日傘はもともと夏の季題ですが、白日傘ならいっそう夏の感じがしますね。
花子　ハンカチの他にも一年中スーパーに並んでいるのに、ある季節の季題になっているものがたくさんありますね。トマト（夏）胡瓜《きゆうり》（夏）茄子《なす》（夏）レタス

（春）大根（冬）馬鈴薯《ばれいしよ》（秋）など。

桃子 人参、大根、蕪なども冬に採れるものが一番美味しいでしょう？　それぞれの野菜が美味しく採れる時季、旬が季題の本意になっているのです。

花子 そうですね、野菜や果物は旬の時季がありますね。でも、ボートは行楽地では一年中乗れますが、どうして夏の季題なのですか？

桃子 そう、面白いわね。私の句にこんなのがあります。

つながれて秋のボートとなりにけり　　辻　桃子

ボートやヨットはもともと川や海で涼しく遊ぶためのものなので夏の本意です。春も秋も花見や紅葉狩でボートに乗って、それぞれの季節をたのしむことができます。私の句のボートは秋のボートですが、夏の季題としてのボートの本意を踏まえて、もう誰もいなくなった池につながれている秋のボートの淋しさを詠んだのです。

他にも、扇・扇子は暑さを凌ぐもので夏の季題ですが、季節によって使われ方が変化して季題になっています。「捨扇《すておうぎ》」「扇置《おうぎお》く」は、秋になってもまだ使っている秋の扇のこと、「初扇《はつおうぎ》」は新年のめでたいときに使います。

花子　なるほど、同じものでもその季節によって感じ方や使われ方が変化するのですね。

桃子　山本健吉さんは、一句の中に入っていれば、季感のあるなしに関わりなく、それが季題であると定義しています。私もその説に倣っています。でも、本意の季節の感じが、より強く出るように詠みたいですね。

季節の感じが強まるように詠む

季題（季語）の分類「時候」

時候は暑さ寒さのこと

月子　歳時記では季題が分野別に分類されていますね。

桃子　私の作った『いちばんわかりやすい俳句歳時記』（辻桃子・安部元気著、主婦の友社）では、「時候」「天文《てんもん》」「地理」「人事（生活）」「行事」「忌日《きじつ》」「動物」「植物」の八項目に分類しています。

　では、「時候」から見ていきましょう。時候は暑さ、寒さなど四季それぞれの気候のことです。毎日の挨拶にも「暑くなってきましたね」「今朝は寒いですね」などと使っていますね。季節の変わり目の微妙な変化を表す季題もあって、日本ならではの言い方がたのしいです。

月子　「時候」には「魚氷《うおひ》に上《のぼ》る」「獺魚《かわうそうお》を祭《まつ》る」など、どうして季題なのかわからないものもあります。

桃子　それは、古代中国の季節区分による季題です。一年を二十四節気、さらに七十二候に細分化しています。「啓蟄《けいちつ》」や「大寒《だいかん》」などの二十四節気は、このごろ天気予報でも使っているのでよく耳にしますね。古代中国の言葉が今の世に使われているとは、俳句ってすごい文学だと思いませんか。

大寒の埃《ほこり》の如く人死ぬる　高浜虚子

魚は氷に娘二人は三十に　依田小

雪子　「時候」の「春」では早春、仲春、晩春の変化を細かく言い分けていて、そのころの気分がよくわかりますね。

桃子　いいところに気づきましたね。「立春」後もまだ寒い「浅い春」、一旦寒さが戻り「冴返る《さえかえる》」、梅が咲いて「春めく」、「彼岸」「花時《はなどき》」のころには「麗か《うらら》」「日永《ひなが》」になり、外歩きがしたくなる「春宵《しゅんしょう》」、生命の営みも活発になる「抱卵期《ほうらんき》」、春も深まり、やがて「惜春《せきしゅん》」の心となります。

永き日のにはとり柵を越えにけり　芝《しば》　不器男《ふきお》

うたた寝の肱《ひぢ》のしびれや春の宵　佐藤紅緑《さとうこうろく》

月子　「時候」の季題では季節の移ろいと共に、人の気持や体調が変化することも表現しているのですね。

桃子　そうね。たとえば、「木《こ》の芽時《めどき》」は木が芽吹く時季ですが、急に暖かくなって人の体も変調しやすく、頭痛やめまいが起こります。単に木が芽吹くころというだけでなく、人との関わりを考えながら使うと深い句ができます。

亡き人の眼鏡でますます木の芽時　湯浅洋子

私たちはこうやって四時《しいじ》（四季）の移ろいの中でさまざまなことを考え、感じて生活していることがよくわかりますね。

月子　歳時記と生活しているような感じですね。

四季の移ろいの中で生活する

季題（季語）の分類「天文」

天文は雨や風、日や月、星のこと

月子　今回は、歳時記の「天文」についてお聞きします。天文というと月や星や太陽のイメージですが。

桃子　歳時記の「天文」は、天体にある月や星の見え方も、地上に起きる風や雪や雨や雷などいわゆる気象現象も、すべて太陽と地球の位置関係によって変化することが示されています。

春の「天文」では、たとえば「春月《しゅんげつ》」は水分の多い朧な月、「春星《しゅんせい》」は潤んだような星、「春風」は温和な風、「春雨《はるさめ》」は冷たい雨も暖かい雨でも特にしとしとと静かに降る雨を指しています。

外《と》にも出よ触るるばかりに春の月　中村汀女《なかむらていじょ》

手で触れそうな潤んだ大きな春の月が出ています。家の中にいる家族にも見せてあげたいと思って、「外に出ていらっしゃい」と言っているのですね。

花子　たとえば、「春の闇」や「鳥曇《とりぐもり》」などはどんな現象ですか?

桃子　灯をともす指の間の春の闇　高浜虚子

「春の闇」は、月の出ていない春の夜の暗さのことですが、怖いような真の闇ではなく、どこか潤んだ艶っぽい朧な闇です。春独特のしっとりとした闇ですね。

鳥曇外ヶ浜とはこのあたり　辻桃子

「鳥曇」は、渡り鳥が北へ帰るころの曇り空のことで、春はひと月の半分が曇天です。「外ヶ浜」は北方から渡り鳥が来てまた帰る地として歌枕にもなって、最北の地を指しています。

月子　歳時記には、とても使いにくそうな季題「涅槃西風《ねはんにし》」「貝寄風《かいよせ》」「比良八荒《ひらはっこう》」がありますが、その土地や宗教行事と関係づけて詠むのでしょうか?

桃子　涅槃西風は彼岸（涅槃会《ねはんえ》）のころに吹く西風。貝寄風は大阪四天王寺の聖霊会《しょうりょうえ》のころ難波の浜に吹き寄せる西風。比良八荒は叡山の法華八講《ほっけはっこう》のころ琵琶湖周辺に吹く寒い風です。いずれも彼岸前後の冬の季節風の名残です。そこを踏まえれば、その土地にいなくても詠めます。ただし、「涅槃西風」はどこか「寺」や「死」に関わりのあることや景として、また、「貝寄風」は「貝のある浜」、「八荒」は「湖」がその辺にあるとして詠まないと嘘っぽくなってしまいます。

たつぷりとぬくもつて行け比良八荒　安部元気

貝寄風に伯母さまたちの到着す　如月真菜

花子　吟行では、晴れなら「春光」「春の風」「風光る」、雨なら「春の雨」とか、その日の天候の季題をつい使ってしまいますが、こんな句はどうでしょうか？

終点の嵐《あらし》山《やま》まで春の雨

桃子　天文の中でも特に、「風」「光」「雨」などの言葉は使いやすいけれど月並な句になりやすいです。具体的な季題の言葉を選びましょう。

花子　では、「春の雨」を「木の芽雨」に替えてみます。

終点の嵐山まで木の芽雨

桃子　同じ雨でも具体的に木の芽の吹く木々や山に降る雨の景が見えてきますね。

具体的な季題の言葉を選ぶ

季題（季語）の分類「地理」

地理は山や川、海、野のこと

月子　今回は、歳時記の「地理」について教えてください。学校で習う地理ではないですね？

桃子　歳時記の「地理」は、いわゆる地理学的なことではなく、地球上の水、土、山、川、海、野、田畑などの様子が季節によって変化することを指しています。

花子　歳時記の春の項目で「水」に関連した季題は、「雪《ゆき》解《げ》水《みず》」「薄氷《うすらい》」「春の水」「水《みず》温《ぬる》む」「春の池」「春の川」「春の湖《みずうみ(うみ)》」「春の海」「春の波」「春潮《しゅんちょう》」「潮《しお》干《ひ》潟《がた》」「逃《にげ》水《みず》」と意外にたくさんありました。

桃子　そう、水と土は太古の昔から地球上にあるもので、そういうところで私たち人間が後から暮らしています。言い換えれば、海や川や山や野という自然の一部分の中で私たちは生活しているのです。俳句を詠むときは、そこのところを思い出しましょう。

月子 「地理」は、「天文」や「時候」に比べて具体的な季題が多いですね。

桃子 たとえば、「水温む」という季題は、本意では自然の中の川や池、井戸水などを指したのですが、今では水道から出てくる水に使っても構わないと思っています。家で水仕事をするときに、「水温む」が実感されますから。

これよりは恋や事業や水温む　高浜虚子
犬の舌赤く伸びたり水温む　〃

一つ目の句は、「高商卒業生諸君を送る」という前書があって、大学を卒業して厳しい社会に巣立っていく学生へのはなむけの句です。温かい励ましの気持が「水温む」という季題に出ていますね。「恋や事業や」と畳みかけるところにも春の息吹を感じます。二つ目は、長々と伸びた犬の赤い舌です。舌という即物的なものに水が温んできたことを感じています。

月子 「逃水」と言う季題も面白いですが、天文に分類されている「陽炎《かげろう》」とは違うのですか?

桃子　「逃水」は実際にはなにもない地面に水があるように見えて、近づくと逃げてしまう地上の現象、つまり地理。昔は武蔵野の名物でした。「陽炎」は水蒸気のせいで空中にものがゆらゆらゆらいで見える天空の現象ですから天文。

野馬《かげろふ》に子供あそばす狐かな　野沢凡兆

陽炎《かげろ》ひて鯨らしきが沖にゐる　栢野木樵

逃水を追うて走れば消えにけり　津田久史

月子　「土」に関連した季題もたくさんありますね。「春の土」「末黒野《すぐろの》」「春田《はるた》」「春泥《しゅんでい》」「木《き》の根《ね》開《あ》く」など。

桃子　春の土はやわらかく潤って、土恋しい気持になりますね。見て触れて詠んでみましょう。

園《ゑん》丁《てい》の指に従ふ春の土　高浜虚子

踏み入りて土なつかしく木の根開く　本間のぎく

地球の上に住んでいることを思って詠む

季題（季語）の分類「人事」

人事は人の生活のこと

花子　今回は、歳時記の「人事」について教えてください。

桃子　歳時記によっては、「人事」を「生活」と言っています。人間の毎日の生活に関わることの季題です。どの季節も人事の項目は数が多いですね。

花子　人事の項目を見ると、「蒲団《ふとん》」「炬燵《こたつ》」「浴衣《ゆかた》」「月見団子《つきみだんご》」など、よく知っているものや懐かしい名前があって、これも季題なのかと驚きました。

桃子　毎日の暮らしで人が用いたり、行ったりすることを指す季題で、身近な感じね。

月子　時代が移ろえば人々の生活様式も変わっていくので、子供のころには見たことがあるけれど、今は見かけないという季題もたくさんありました。

桃子　そう、「牛馬《ぎゅうば》冷《ひや》す」「井戸替《いどかえ》」「飯饐《めしす》ゆ」「褞袍《どてら》」などは、都会の生活ではもう見られませんが、古くさい季題と簡単に捨ててしまわず、よく見まわしてみましょう。地方ではまだまだ生活に根付いているものもあります。「蠅取《はえとり》リボン」も私が住んでいる弘前の市場に行くとうす暗い店にぶら下がっていますよ。

花子　『いちばんわかりやすい俳句歳時記』には「牛馬冷す」の傍題に「冷し犬」もありますが現代では牛馬を身近にいる犬や猫に置き換えてもよいのでしょうか？

桃子　農耕や荷役で疲れた牛馬を川などで冷してやるのが本意ですが、動物の暑さをしのがせるという意味では、身近なペットも対象にしてよいでしょう。

冷し犬深きため息つきにけり　久門 南

月子　「あっぱっぱ」や「すててこ」「ふんどし」など俗な言い方の季題がありますね。つい面白く作りがちですが。

桃子　「あっぱっぱ」も「すててこ」も「ふんどし」も暑さをしのぐための簡単服や下ばきのことです。こういう俗な季題は、俗なイメージを強調するように詠まずに、くすっと笑えるくらいの品性を保つことが大事です。次の句は、暑い時分の一こまを切り取って、そこにいる人物が鮮明に浮かびます。

産室へアッパッパーで駆けつけぬ　舟まどひ

叔父上はふんどし一つ冷《ひや》奴《やっこ》　佐藤泰彦

すててこや明日《あした》葉《ば》飯《めし》をよそひては　うな浅黄

「明日葉飯」は暑い伊豆七島などで、よく食べるごはんです。汗をかいて食べているのでしょう。

花子　「水売《みずうり》」「天瓜粉《てんかふん》」「蚊帳《かや》」「行水《ぎょうずい》」など今はないので、昔の出来事を思い出したり想像したりして詠んでもいいですか？

桃子　昔のことを思い出として詠んでもあまり説得力がありません。江戸時代の「水売」ではなく、夏の甲子園野球場や祭などで、ミネラルウオーターを氷バケツに入れて売っている景を思い浮かべてみればよいのです。「天瓜粉」もベビーパウダーや汗知らずとして、本意を外さず現代版として詠んでみましょう。「蚊帳」「行水」などは田舎で見かけたらラッキーですが、行水は風呂場のシャワーだっていいのです。

そそくさと行水すませ不意の客　清水まもる

本意を外さず現代版として詠む

季重《きがさ》ね（季重《きがさ》なり）（一）

季題が二つ入っていいの？

花子　一句の中に季題は一つにするように教わりましたが、いろいろな句を読んでいると、季題が二つ入っているものもありますね。それはよいのですか？

桃子　初心のうちは、基本的には「一句一季題」を守りましょう。季題にはそれぞれの本意があって、それを活かして詠むのが俳句です。一句に季題が複数あるのを季重ね（季重なり）と言いますが、季重ねにすると、作者はどれをポイントにしたのかわからなくなります。十七音しか使えない俳句に季題を二つも三つも入れると焦点がぼやけるので。

でも、実際には一句に複数の季題の入ったよい句もあります。少し俳句が詠めるようになったら試してみるのもよいです。具体的に説明します。

① 揚羽蝶《あげはてふ》おいらん草にぶら下がる　高野素十
② ぼうたんの花の上なる蝶の空　高浜虚子
③ 飾《かざり》焚《た》く火の移りしよ宝船《たからぶね》　草野ぐり

①は、おいらん草に揚羽蝶が止まった実際の瞬間を見て作られた句だから、どちらの季題も取り去ることはできません。

②も、牡丹のゆったりとした花があってこそ、その上の広々とした空に蝶が舞っていることが欠かせないのです。

③は、どんど焼きで正月飾りを燃やしている景です。作者の感動は火の中にくっきりと見えている宝船に当てられています。この句では、「飾焚く」という行為に具体的なものを配して季重ねが効いています。

花子　吟行では目の前にたくさんの季題があって、その季題同士が関わり合っている場面がありますね。そんな場合は、季重ねは気にせず詠んでもいいですか？

桃子　作るときは気にしないで、思うままにどんどん作りましょう。後で推敲すればよいのです。でも、見たものを全部詠んでしまうとこんな句になります。

花《はな》見《み》茶《ぢゃ》屋《や》迷子の婆にさくら餅

花見も桜餅も、どちらも春の大きな季題なので焦点がぼやけます。それに花見茶屋に桜餅は即き過ぎですね。

夏草にからんでをりし灸《やいと》花《ばな》

灸花も夏草の一つなので季重ねが効いていません。「一草に」とかして、季題を一つに絞って、灸花が絡んでいることの方を強調しましょう。

雪子 うーん、むずかしい。季題と季題の力関係を考えるのですか？

桃子 あまりむずかしく考えないで。とにかく、中心になる季題がしっかりと定まっていればよいのです。作るときは、まず、自由に思いついたままに作ってみましょう。こんな句も参考にしましょう。

春の水すみれつばなをぬらしゆく　与謝蕪村

夕顔を蛾の飛びめぐる薄暮《はくぼ》かな　杉《すぎ》田《た》久女《ひさじょ》

立冬やつめたき柿を掌にしたる　瀧《たき》　春一《しゅんいち》

それぞれ季題が二つか三つですが、句としてはまとまっているのです。

季重ねは気にせず詠んでみる

季重ね（季重なり）（二）

吟行の場合の季重ねは？

月子　以前にも「季重ね」のことを教わりましたが、吟行の場合についてもう少し教えてください。

桃子　春に吟行で三浦半島の城ケ島に行きました。吟行では、見えるもの、聞こえるものを詠むので、どうしても季重ねの句が多くなります。

月子　はい、私も参加しましたが、仲春といっても海風は冷たく、冬の感じもあり、あたりはまだ初春のような景で、さまざまな季題を見つけました。

桃子　三崎港は鮪《まぐろ》が美味しく、鮪の句がいろいろ出ましたね。

①　一《ひと》箸《はし》のまぐろ酒《しゅ》盗《とう》や弥《や》生《よひ》尽《じん》　窪田遊水

②　木《こ》の芽《め》冷《びえ》まぐろぐつぐつ大鍋に

③　鮪《まぐろ》炊くにほひや春の港町

鮪は年中食べられますが、一番美味しいのは脂の乗った冬なので、冬の季題です。春になって鮪を詠むときは、少し工夫が必要です。①の句は同じ「まぐろ」でも一年中ある酒盗の塩辛、それをほんの一箸です。それに、春の終わりを告げる「弥生尽」という強い季題があり、鮪の季感が消されて季重ねは気になりません。

月子　なるほど、そこに工夫があるのですね。

桃子　②と③の句は、逆に鮪が美味しそうに強調されて詠まれているので、春の季感が薄れてしまいましたね。冬の「鮪」の句として作り直した方がいいですね。

月子　冬になるまで取っておいてもいいですね。

桃子　では、同じ季節の中での季重ねを見てみましょう。

④　うぐひすや磯に遊べる人見えて

⑤　春《はる》北《き》風《た》の巌の上の松《まつ》の芯《しん》

月子　④の句は「うぐひす」も「磯遊《いそあそ》び」も春の季題ですね。鶯の声を聞きながら、磯で遊ぶ人を見ている景は春らしく自然に思えますが。

桃子　そうですね。そういうこともありますが、鶯が鳴くころには磯はすでに「口開《くちあ》け（磯開き）」をしていて人は磯に出てくるので、くっつき過ぎ。反対に、⑤の句は同じ春でも春北風は立春過ぎの春も浅いころに吹く突風で、松の芯は夏も近くなってから出るものだから、離れ過ぎです。どちらも季重ねが目立ちます。

月子　吟行では、実際に松の芯も鶯も目の前にあるので実感ですが、そのままを詠んでしまうと、句の上で季題の混乱が起きて、本意が活かされないのですね。

桃子　たとえば、④では「鳥啼くや」として、鶯の方を弱めてみると、「磯遊び」にくっきり焦点が絞れます。⑤は、やはり、「風吹けば」とか、「春北風」を消して風だけにすれば「松の芯」に焦点が絞れます。

④　鳥啼くや磯に遊べる人見えて

⑤　風吹けば巌の上の松の芯

中心になる季題を定めて

動詞の使い方（二）

動詞はどう使う？

月子　動詞を使うとき、五七五の中にぴたりと収まらなかったり、この動詞は不要だと言われたりします。

桃子　動詞はなにかの動きや状態を表すので、見たことをそのまま伝えるのに向いています。その一方で、動詞は「誰がどうした」「何がどうだ」という説明になってしまいがちです。十七音の限られた字数の俳句では動詞を使わないで作ることも考えてみましょう。

原句　御《おん》嶽《たけ》に百《ひやく》草《さう》丸《ぐわん》あり仏《ぶつ》法《ぽふ》僧《そう》　小林タロー

添削　御嶽の百草丸や仏法僧

「あり」が動詞です。中八になっていますね。

月子　なるほど、動詞を省き、切れ字「や」を使えば中八も解消するし、「百草丸」のインパクトが強くなりましたね。

桃子　こちらは、「並び」が動詞です。

原句　秋草や遊女の墓の五基《ご き》並び　　小原紀香

添削　秋草や遊女の墓の五つほど

原句では遊女の墓が五つ並んでいるという切ない気持を正確に報告しています。けれど、あまり正確を期すと説明的な句になってしまいます。「五つほど」とぼかしてみるといいでしょう。

次の例は、一句の中に三つも動詞があります。

原句　風鈴を買ふに音聞き絵柄見て

これではなにが一番言いたいのかはっきりしません。「見る」「聞く」は、たいがい言わずにわかるので不要なことが多いです。

添削　風鈴を買ふや音と絵たしかめて

雪子　なるほど、動詞を省いても意味はわかるし、切れ字による感動がはっきりするのですね。それから、動詞の「する」もよく要らないと言われますが。

桃子　では例を挙げてみましょう。

原句　秋《しう》灯《とう》や縫物するも久しぶり

添削　秋灯や物を縫ふのも久しぶり

この句は「縫物をする」の「する」はなくてもわかります。「散歩する」「昼寝する」「用意する」なども「する」は要りません。

雪子　原句　片付けて秋の彼岸の用意する

添削　片付けて秋の彼岸の用意かな

動詞は使ってはいけないのではなく、使わなくてもわかるときは省き、一句の中でもっと言いたいことに字数を使うということですね。

桃子　次の句も「つける」はなくても表現できます。

原句　李落ち道路に紅き汁つける

添削　李落ち道路の紅くなりにけり

雪子　李の紅い汁の色が際立ってきましたね。

動詞は省いてもわかる

動詞の使い方（二）

自動詞・他動詞って？

月子　前回に続き、俳句の中で動詞をどう使うかについてもっと教えてください。

桃子　たとえば、「残る」という動詞を見てみましょう。

原句　白《しら》南《は》風《え》に残すＳＬ黒けむり　　滝ノ川　愛

この句では、作者はＳＬの黒い煙が梅雨明けの明るい空にたなびいていることに気持のよさを感じたのでしょう。でも、「残す（他動詞）」と言えば、「ＳＬが残して行った」ということになりますが、「残る（自動詞）」と言えば、ただそこに残っている事実だけがそのまま描写されて、客観的な表現になります。

添削　白南風に残るＳＬ黒けむり

雪子　「ＳＬが黒い煙を残した」と見立てないで「黒い煙が残っている」とした方が

客観的な写生の力が強いのですね。

桃子　見立ての句にすると、幼稚な感じになりがちです。

原句　赤き実をすこし残して冬の庭

添削①　赤き実のすこし残りて冬の庭

「冬の庭」の写生なら添削①のように、「赤い実は自然に少し残っている」と言った方が客観的で自然です。

添削②　赤き実をすこし残して冬の鳥

「赤い実を少し残している」と詠むなら添削②のように、主体は「冬の鳥」としてはどうでしょう。どちらにしても残り少なくなった赤い実が印象的ですね。

今度は、「浮く」「浮かぶ」「浮かす」という動詞の形を比べましょう。

原句　虹色の油浮かせて破《やれ》蓮《はちす》

破蓮の池の面に浮いている油を見て、虹の色をしていると見た句です。「浮かせて」とすると「破蓮が浮かせた」ように読めてしまうので、ただ客観的に「油が浮いている」と詠む方が自然ですね。

添削　虹色の油の浮くや破蓮

虹色の油浮かびて破蓮

雪子　写生すると言うことは、庭や鳥や池の側に立って見えたことをなるべく客観的にありのままに言うということのようですね。

桃子　そうですね。どちらも作者は写生だと思って作っているのですが、こうやって比べてみると、客観的に写生する方が、表現が単純になって、しかも深く表せるのだということがわかってきますね。

雪子　「そのまま」「ありのまま」に見ることとは、具体的にどう表すことなのかわかってきました。

桃子　では、こんな例はどうでしょう。

原句　下闇《したやみ》を出て雄鶏《をんどり》がおどかしぬ　はらてふ古

添削　下闇を出て雄鶏におどかされ

雪子　雄鶏は人をおどかすつもりはないということですね。

桃子　人の方が勝手に驚いてしまったのね。

動詞の形を変えれば客観的な写生句になる

動詞の音便《おんびん》の使い方

音便ってなに？

雪子　一句の中で動詞の形が変わっているときがありますね。

桃子　たとえば、動詞の後に「て」が来るとき、動詞の形が変わることがあります。それを「音便」と言います。

　菱採《ひしと》るやずるずるずると根を引いて　安部元気

　百合咲いて裏庭らしくなりにけり　辻　桃子

雪子　「引いて」「咲いて」は現代の話し言葉のようですが音便が使われていますか？

桃子　古い元の形は「引きて」「咲きて」ですが、何度も発音しているうちに発音しやすい形に変化したのです。では、音便を使っていない句を見てみましょう。

　いちやうに松は傾《かし》ぎて小正月《こしやうぐわつ》　辻　桃子

花野かな樺太向きて土饅頭《どまんぢゅう》　石井みや

雪子　この句は、どうして音便にしないのですか？

音便の形なら「傾いで」「向いて」です。

桃子　そこがなかなかむずかしいところね。

たとえば、〈菱採るやずるずると根を引きて〉とすると、ずるずると菱を引いている動きに力が入って硬い感じがしませんか。この句はだらだらといつまでも終わりそうもない菱採りの動きを「引いて」とやわらかく軽く詠みました。

雪子　なるほど、詠む内容で音便を使うかどうか決めるのですね。

桃子　〈いちやうに松は傾ぎて小正月〉は、松と小正月の格式ある古い言葉に、「傾いで」というくだけた感じは合わないのです。元の形のまま、きっかりと「傾ぎて」で格調高くなりました。

「花野かな」の句も、「土饅頭」と呼ばれる、土を小高く盛っただけの淋しい塚に埋葬された人が誰かはわかりませんが、寒々と「樺太」を向いていることに、作者は厳粛な北の歴史を思い浮かべたのでしょう。それで敬意をこめて、「向きて」と古い言い方で表現したのです。

雪子　なるほど、心を引き締めて作る場合と気楽な感じにするのと、音便だけでこれだけ印象が違うのですね。

桃子　凍《とう》港《かう》や語るに椅子を寄せあうて　　小川春休

この句では「寄せあうて」が音便ですが、「よせおうて」と発音します。元の動詞の形は「寄せあひて」ですが、まだ他の言い方もできますね。

雪子　あっ、わかりました。「寄せあつて」ですか?

桃子　そう。でも、この句は、厳寒の凍てつくような港町の景です。漁師仲間が椅子を寄せてなにか話しているという場面。「寄せあひて」では堅苦しい感じだし、「寄せあつて」では子供たちの話し合いのようですが、「寄せあうて」は、なにか古くさい慣習も感じさせて、年寄りの仲間同士で親身に話している感じですね。

雪子　どっちを使わなくてはならないという決まりはあるのですか?

桃子　音便を使うかどうか、もっぱら作者の自由ですが、たくさんの名句を読んで覚えていくうちに、使いこなせるようになります。

使いこなせば句が自在に

写生の句（一）

客観的な写生ってなに？

月子　句会で、先輩が見たまま、聞いたままを客観的に写生しましょうと言うのですが、客観写生をするとはどうすることかまだひとつよくわかりません。

桃子　はじめての人に「写生を」と言ってもなかなかわかりにくいですが、子供が絵を描くように、野外で写生の授業をするように、見えたものを描くように詠めばよいのです、と言うと少しわかるかしら？

月子　見て感じたことを五七五にしたのですが、写生になっていないと言われます。

桃子　俳句を始めて間もないころは、ものの写生というより、見えたもの、聞こえたものを自分がどう思ったかの方を大切に説明して詠んでいることが多いのです。

ぶらんこの弟空より下りてくる

ぶらんこに乗っている弟が空高く漕いで、見ていると空から下りてくるように見えたのですね。作者は写生をしているつもりですが、事実として、弟が空から下りてくるはずはないですよね。「空から下りる」は作者だけが思いついた主観的なイメージだから、読者に納得されにくいです。

〈ぶらんこの弟空より下りるやう〉としたらわかりやすく写生の句になります。

日と風のせめぎ合ひたり早春期

「日と風がせめぎ合う」とは、春先によく言われる言葉です。作者は事実として早春と、人生の早春期と、両方の意味をもたせて、「早春期」としたのでしょう。こういう「掛け詞《ことば》」としての早春は、写生の句ではありません。既成の言葉に寄りかからず、早春の太陽や風がどうなのか具体的に言い表すことが写生です。〈早春や日が差せばまた風が吹き〉とか。

早春や空へと消ゆる木々の末《うれ》

「空へと消ゆる」は文学的に美しげな表現ですが、もうすでにたくさんの人々に使われて手垢のついた表現です。枝が空へ高く見えなくなるほど伸びていると、そのままを素直に言った方が早春の感じがよく伝わり写生になります。〈早春の空へ伸びたる木々の末〉とか。

月子　見たままを写生しているつもりが、自分の思ったことになっているのですね。

桃子　思ったことがあるときはそれを言うのもいいことです。でもなにも思うことがないときは、「客観写生」をしましょう。じっと見て見えた景をそのまま具体的に言えば、それだけで俳句になりますから。

月子　その具体的な言葉を見つけるのがむずかしいですね。

桃子　でも、そこが俳句の面白さです。見えたことを具体的に言って、それが写生になっている句を見てみましょう。

遠足の列伸ぶところ走りをり　波多野爽波

籐《とう》椅《い》子《す》にひつかかりつつ出てゆきぬ　〃

どちらの句も人の動きを、普通の言葉で言っているのに、読むとその景が見えてきます。見ている作者の気持まで伝わってきますね。写生には特別な言葉は要らないのです。これが客観写生。

写生には特別な言葉は要らない

写生の句（二）

もっと深い写生をするには？

月子　神奈川宿の吟行で同じ景を詠んで、同じような句ができてしまいました。なるほどと思わせる句とそうでもない句との違いはどこにあるのでしょうか？

①　本堂にヘボン住みゐし青《あを》楓《かへで》　岡田ころん

②　この堂にヘボンも住みてアマリリス

ヘボン式ローマ字の発案者で宣教師のヘボン医師が、開港時住んでいた寺の堂ですが、この二句の写生の仕方はどう違うでしょう？

桃子　①の句は、「本堂」と具体的に建物の名前を言ったので、本堂の他に経堂も庫裏もあるかもしれないなどと思わせます。②の句の「この堂」からは、どんなお堂かどんな寺かなどのイメージは湧いてきません。

月子　同じ場所で同じ事柄でも、用いる言葉で伝わる内容が広がったり、あいまいになったりするのですね。

桃子　この二つの句で、お寺のイメージを知る助けになるのは、季題の「青楓」と「アマリリス」です。

楓は大きく枝を広げるので、広々とした境内だとわかります。一方、アマリリスは鉢植が多いので、ただ置かれているだけでは全体の景が浮かんできません。

月子　②の作者は「この堂」としましたが、なぜ「この」と言ったのでしょう？

桃子　「あの有名なヘボン」が目の前にあるお寺に住んでいたと知って、お堂がとても親しく感じられたのですね。「この堂に？」という作者の驚きが伝わります。ですから、「この堂に」は、写生をしているというよりも、むしろ、作者の心の驚きを表した主観的表現と言えるでしょう。

月子　そこに、たまたまアマリリスがあったのですね。

アマリリスは西洋の花なので、ヘボンさんも西洋人だからという意識があったのでしょうか？

桃子　そうでしょうね。ヘボンさんが住んでいたお堂を前に、一人は眼前の景をただそのまま詠みました。もう一人は、自分の気持を下地にして詠みました。どちらも写生の句ですが、どちらも写生していることはまだ浅いです。

以前から、この寺は度々吟行しているので、

ヘボン住みローマ字創り春の寺

秋風やヘボンてふ医師ここに住み

などという句がすでにたくさん詠まれています。

高浜虚子は写生について「唯見たままを写せということは第一歩の人に説きます。やや進んだ人には凝視と沈潜という意味で説きます」（『俳談』）と言っています。次はもっと踏み込んで、凝視し沈潜して思いをめぐらし、深い写生句を目指しましょう。

凝視し沈潜し思いをめぐらす

写生の句（三）

席題ってなに？

月子　句会の当日、季題や季題でない言葉がいくつか出され、それを使ってその場で句を作るという即興席題句会がありました。作句の時間が短く、思いがけない季題や言葉で、思うように句ができませんでした。

桃子　昔から歌会でも句会でも、その席で出された題で歌や句を詠みました。題を詠み込んで句を作るので、題詠《だいえい》と言います。また、席上ではじめて題を出されるのは、席題と言います。前もって題を出されて、これを作ってくるのを宿題と言いました。短い締切りまでの間に句を作らなければならないので、初心の人はむずかしいと思うでしょう。

席題では、打坐即刻《たざそっこく》で、その場で臨機応変《りんきおうへん》に句を作る力が必要です。

雪子　ある席題句会では、「百日紅《さるすべり》」「泥鰌《どじょう》」「残暑」「駆落《かけお》ち」「蔵二階」などの題が挙げられて、こんな句が出ました。

①　駆落ちや蔵二階より百日紅　　山田こと子

②　駆落ちの末でありしがどぢやう裂く　　安部元気

③　「主婦の友」読みし残暑の蔵二階　　中　小雪

桃子　なかなか面白い句ができましたね。

雪子　「駆落ち」や「蔵二階」は、あまり経験しないことなので、嘘のような、遊びのような句だと思いました。こういうのは写生の句と言えないのでは？

桃子　そんなことはありません。今でも「駆落ち」も「蔵二階」もあります。今までに「目で見て、認識する」という写生の技法で脳内にたくわえたイメージを引き出してきて、一句を再構築するのですから、これこそが写生の技《わざ》です。

雪子　そういう写生もあるのですね。

桃子　俳句では目の前にあることだけが俳句の材料になるのではなく、昔のことであっても、人から聞いた話でも、お芝居で観たことでも、「見て来たような嘘をつく」ように、「今、ここに、自分」が居合せているように写実的に作って、それが読み手の共感を得れば、それは写生の俳句になります。

①は駆落ちの本でも読んでいたのか、駆落ちのことを考えていたのか、蔵二階から百日紅の花を見ているのですね。「百日紅」の燃えるような紅い花が、情念のように思わせて面白いです。

②は泥鰌屋の夫婦の駆落ち話をしみじみ聞いているのでしょうね。蕪村に〈お手討の夫婦なりしを更衣〉の句があるので、ちょっと似すぎかな、とも思います。

③は人の来ない二階で子供のころにまだ早過ぎる大人の本をこっそり読んだことなどを思い出させて、「残暑」が効いています。このように自分に引きつけて詠むと、「嘘もホント」になります。

記憶されている事実に、鋭く迫る感じがあるとき、写生は活きてくるのです。

雪子　急に作ってみるのも、あらかじめ決められた題でじっくり時間をかけて作る題《だい》詠《えい》の句会とは、また違うたのしみがあるのですね。

花子　私も挑戦してみたくなったわ。

見て来たような嘘も

吟行に行く（三）

吟行をたのしむには？

花子　このごろ吟行に行くのがたのしくなりましたが、どうもまだよい句ができません。なにかコツがありますか？

桃子　たとえば、海へ行くのか山へ行くのか、有名な古刹に行くのか、芭蕉や虚子など先人が訪れて名句が残されている場所なのかなど、とりあえず、吟行地の特徴を前もって知っておくことは必要です。のんびりと集合場所に行って、ただ遊ぶだけの観光客のように指示を待っているのではだめです。

花子　その吟行地を全く知らない場合と、何度か行ったことがある場合とではどう違いますか？

桃子　そうですね。一度も行ったことがない場所なら、現地に着いたら、駅や観光案内所などで周辺の地図をもらって、どこを見るか、そのためにはどの道順がよいかなどを調べましょう。あまり欲張らないで、一ヶ所か二ヶ所、時間は一時間から二時間くらいを目安にしましょう。せっかく時間をかけて遠くまで来たのだからと、あれもこれもと見て回っても、よい句ができるわけではありません。

　何度も行ったことがある場所なら、気に入ったところでじっと腰を据えましょう。季節が違えば、何度も行っている同じところでも、前とは違ったものに出会えます。

花子　先輩の中にはあらかじめ句を作ってゆく人もいますが、それはどうですか？

桃子　行く前にその土地のことを調べたり、聞いたりしているうちに、その土地のイメージが湧いてきて、自然に句ができてしまうこともあります。また、全くの初心者ならそうすれば安心して行けるということもありますね。それは句帖に書き留めておいて、現地に行って、歩いて、自然に句ができれば、その句は出さず、新しい句を出した方がよいです。ただ、事前に調べたことも頭に入れておくだけで、できるだけ先入観を持たず、まっさらな気持でその土地に飛び込んで、そこで自分が肌で感じたことを句にしてゆくことこそ吟行の醍醐味です。

月子　せっかくの名刹に来たのに、他の場所でも作れそうな句、その場所だとはわからない句になってしまうことがあるのですが。

桃子　素直な気持で、その土地とそこの人々、そこの自然と接していると、そこでしか感じ得ないなにかをつかみ取って詠み留めているものです。たとえどこにでもある草木でも蟬の声でも、自分にとっては、その土地で見た草木、聞いた蟬の声なのです。一句の中にその土地の名が入っていない句でも全く構いません。むしろ、地名の入っていない句の方がより深い句になっているかもしれません。

雪子　時間が経ってその句を見返すと、自然にその土地のことが思い出されるのが不思議です。他の人にはどこで詠んだ句かわからなくても、自分の中にしっかりと残っているものですね。

桃子　そこが俳句の不思議さね。

月子　あれこれ心配しているより、行ってみて、そこで素直に作ってみればよいということですね。

まっさらな気持で飛び込むことも

季移《きうつ》りする句

どの季題をつけても成り立つ句とは？

月子　仲春のある日、吟行に行きましたが、季題がよくわからなくて。
桃子　どんなところへ出かけたのですか？
月子　小さな漁港やヨットハーバーや磯や浜がありました。
桃子　それなら、見回しただけで季題はたくさんあったでしょう。
月子　でも、三月なのに冬のような寒さと、冷たい雨が降っていて、実感として春らしい季題は使えませんでした。
桃子　春になっても「彼岸寒《ひがんざむ》」「汐干寒《しおひざむ》」「花冷《はなびえ》」などといって、まだ寒さが残っています。
　春は暖かい、と思われているのに、実際にはまだ寒いという、これこそが春の現実なのですよ。

月子　そうなのです。予想していた穏やかな「春の海」や「春光」ではなくて、「冴返る」「余寒《よかん》」「凍返る《いてかえる》」のような句が出ました。

　冴え返る本日休業浜のカフェ

桃子　「冴返る」「凍返る」は、二月の季題で立春後にいったん暖かくなってまた寒さがぶり返すことなので、三月になってからでは共感が得られないでしょうね。むしろ「春寒し」の方がよかったかしら。でも、このように、春に行けば春の季題、秋に行けば秋の季題でなり立ってしまう句を「季移り」の句と言います。

　春寒し本日休業浜のカフェ
　秋寒く本日休業浜のカフェ
　冬深き本日休業浜のカフェ

月子　そういえば、こんな句もありました。

　凍返る葉山マリーナ静まりて

桃子　その句もやはり、季移りしますね。

　秋風や葉山マリーナ静まりて

冬空や葉山マリーナ静まりて

とかねぇ。

そんなときは、その場所で見たものを季題にしましょう。

春の浜なら「和布《わかめ》・荒布《あらめ》・石蓴《あおさ》」などの海草、「磯菜摘《いそなつみ》」「和布干《わかめほし》」「磯竈《いそかまど》」「磯《いそ》茶店《ちゃみせ》」など海辺の人事、「蜆《しじみ》」「栄螺《さざえ》」「白子《しらす》」などの魚貝、「防風《ぼうふう》」「浜大根の花」などの海辺の植物にも目を向けるといいですよ。

月子　そこにあるものを詠むと、他の人の句と同じになりませんか?

桃子　そう、同じ珍しい貝を拾ったりすると、全員同じ句になってしまったりしますね。同じ句にならないためには、季題の置き方、切れの入れ方、言葉の選び方など、自分だけの句になるように何度も推敲しましょう。また、同じ句になってしまったら、帰ってから歳時記をよく見て、再考して、独自の句を目指しましょう。

具体的な季題を見つける

吟行句と題詠句

季題を身につけるにはどうする？

月子 「季題を身につけるように」と言われたのですが、どうしたらいいですか？

桃子 とにかく、あらゆる季題を身につくまで使ってみる、詠んでみることが大切。

雪子 吟行に行ったとき、他の人の句と季題が違うだけの句ができてしまいました。

緑蔭《りよくいん》にオホムラサキはまだ蛹《さなぎ》

梅雨晴《つゆばれ》やオホムラサキはまだ幼虫

明易《あけやす》やオホムラサキはまだ蛹

桃子 吟行では同じものを見るので、詠む内容は似てきます。どんな季題をつけるかで、それぞれイメージが変わります。「緑蔭」はその場所がわかり、「梅雨晴」はその日の天候がわかる季題なので、蛹との関係が鮮明です。また、「明易」は吟行で見たものからイメージを飛躍させた使い方。蛹が孵化して、夜が明けると飛び立ってしまうことを惜しむ気持や、生はすぐに死に変わる、という明け易い「いのち」の切なさも感じさせます。それぞれ季題によって句意は違いますが、こんなに同じ句ばかりできてしまうというのは、平凡な発想だということでしょう。三人とも、もう一歩踏み込んで描写しなくてはなりませんね。

雪子 吟行では季題がそこらにあるので、見たものを詠めますが、題詠では季題をどう詠むかむずかしいです。吟行で詠むときと題詠で詠むときとでは、季題の使い方に注意が要りますか?

桃子 吟行ではそこでうまく季題に出会えたらラッキーですね。特に虫や鳥や植物は実際にそこにあるものだから、よく観察できます。そこから見える山・川・海・田圃などの風景や、出会った人、建物、出来事などもどんどん詠みましょう。

雪子 題詠で「明易」が出た場合は、吟行のときのことを思い出して詠むのですか?

桃子 題詠の場合は、今までに経験したことを土台にして詠むことが多いですが、必ずしも事実でなくてもよいのです。「明易」の本意をよく理解して、そこからイメージできることを過去の経験にダブらせながら、事実であるかのように詠むことが大切です。もちろん、吟行で実際に見たことを題詠に使うのはよいことです。

雪子 経験を通して頭の中で考えた題詠の句は、吟行の句のように、生き生きしていないように思いますが。

桃子 題詠で詠むときは、体験や経験したことが頭の中で再現されると、一度整理されているので現実に見て写生するより、単純化され深々と詠めることもあります。逆に、単なる思いつきや、自分勝手な思い込みに終わることもありがちです。

私たち写生俳句の徒は、いわば題詠のために、吟行し写生しているのです。吟行し、写生して、見たこと感じたことをしっかり心にインプットしておいて、一句を作るときにそれを活かしてゆくわけです。

それを可能にするのは季題・季語の本意をきちんと理解し、「自家薬籠中《じかやくろうちゅう》のもの」として使えるように、使い込んでゆくことです。

知っている季題でも歳時記で必ず確認しましょう。こうして季題を身につけてゆけばよいのです。

季題を自家薬籠中のものに

忌日の句

忌日の句ってなに？

花子　歳時記に「忌日」の項がありますが、忌日の句ってよくわからないのですが。

桃子　忌日は、その人の死んだ日、命日のことです。俳人は毎年、その人を偲んで修し、一句を捧げるのです。

花子　まあ、お墓参りのようなもの？

桃子　そうです。「あなたのことは忘れないよ」って、一句作るのね。

月子　忌日の句が詠めるとカッコいいなと思います。失敗なく詠むにはどんなことに注意すればよいでしょうか？

桃子　たまたま俳句を作るときに、歳時記をめくって誰かの忌日だったからといって、「○○忌」と安易に使うことはよくありません。まずは、その人がどんな人だったか歳時記などで調べます。詳しくわからなくても、『広辞苑』などでいつの時代、どんなところに住み、どんな代表句があるかなどを知るだけでも、句が深くなります。

月子 芭蕉忌や子規忌や虚子忌など、こんな大先生を気軽に句にしてもよいのだろうかと躊躇しますが。

桃子 本当は、亡くなっても恋い慕っている人の忌日でなくてはならないのです。私が三十七歳で詠んだ句は

　虚子の忌の大浴場に泳ぐなり　辻　桃子

大浴場と虚子先生はなにも関係はありませんが、私はそのころ、虚子の俳句を学び直してその面白さにぱっと目が覚める思いで、なにか広々とした場所にようやく出てきたような気がしていました。それで、温泉の大浴場にいたときに、この句が自然に浮かんできたのです。この句を新聞紙上で褒めてくださったのが、まだ一面識もない波多野爽波先生でした。すぐに、爽波の弟子となりました。

月子 やはり、忌日の句を詠むときは、その人への深い思いがあるのですね。

桃子 そう、故人を修する気持がないとね。だから、忌日の句の場合は、即き過ぎて

いるくらいで、思いが深くなって、ちょうどよいのです。

爽波忌や継ぎたる炭の大燻《おほいぶ》り　辻　桃子

月子　爽波忌の句には、「炭を継ぐ」という季題も入っていますが、忌日のころの季を重ねてもいいのですか？

桃子　忌日は一人一人いつ亡くなったのか、その季節がわかりにくいので、その忌日に相応しいそのころの季題を入れて詠んでもよいのです。

芭蕉忌《ばしょうき》は、旧暦十月十二日で時雨《しぐれ》のころなので時雨忌《しぐれき》、若いころの俳号の桃青《とうせい》忌《き》、芭蕉翁《おう》と言われたので翁忌《おきなき》と、それぞれ使い分けて詠むと面白いです。

しぐれ忌や有磯《ありそ》の海の忘れ貝　佐久間清観

老成にとんと縁なし翁の忌　安部元気

芭蕉忌やをなご先生一門で　佐保田乃布

月子　忌日の句の詠み方で、あまり忌日が効いていないというのは、どんな句ですか？

桃子　同じ忌日の句を比べてみましょう。その人が思い起こせるでしょうか？

①　班長は女の子なり一《いち》葉《えふ》忌《き》　小川こう

② 時計台十二時打つや一葉忌

③ 爽波忌や説明文に過ぎぬと評　山口珊瑚

④ 厠《かはや》には長蛇の列や爽波の忌

⑤ 河童忌《かっぱき》やあまりに長き雨やどり　藤井なづ菜

⑥ 浜辺には魚網つくろひ河童の忌

月子　どの例も一句目がその人の忌日に合っているような感じがします。

桃子　一句目は、一葉が明治時代に珍しい女流作家だったことを思わせます。二句目は関係ない感じ。三句目は、厳しい批評で有名だった爽波の句評が浮かびます。四句目は俳人に厠の取合せは失礼です。五句目は、河童忌といわれた芥川龍之介の忌日の句ですが、河童が川の水中に潜っているのと、雨に濡れながらの雨宿りがイメージされて、不思議な響きがあります。六句目は、海辺と河童はまるで合いません。やはり、①③⑤が合っています。

その人への深い思いを

添削

添削された句は自分の句？

花子　句会に出した句を桃子先生は「こうすればもっとよくなります」と直してくださいますね。添削されると、自分の詠みたかったことはこうだったのだと、改めてはっきりします。直していただいた句でも、自分の句として投句してもよいですか?

桃子　句を作ったら、句会に出したり、先輩に見てもらったりすることが大事です。あの芭蕉先生でさえ、一句作ったら弟子に見せて、どうかと問うていました。その後、何度も推敲して一句を完成させていたのです。

でも、添削されたものを見て納得がいかなければ元に戻しましょう。自分の詠みたかったように直っていれば、それは自分の句としてよいのです。

月子　添削をしていただくと、詠みたかったことが明確になるだけでなく、私のイメージしたことが、もっと自由に深く広がっていることがわかり、自分の俳句のレベルが一段上がったように思えて、うれしいです。

桃子　そう思えるときは、そこで作者の作句レベルが一段上がったのですよ。では、添削によってなにがどう変わるのか見てみましょう。

原句　コスモスや咲き乱れたるただ中に

添削　コスモスの咲き乱れたるただ中に

「や」で強く切ると、「咲き乱れた」のはなにかがわかりにくいです。他の花が咲き乱れた中にコスモスがある、とも読めます。「コスモスの」とつなげれば、「咲き乱れたる」のは確とコスモスで、その「真っ只中に」いるのは「作者自身だ！」と読み手にわかります。

原句　瀧《たき》道《みち》をひと足ごとの春の泥

添削　瀧道やひと足ごとに春の泥

原句は、ていねいに説明し過ぎて、感動が伝わりません。「瀧道や」と切れを入れると全体の景が見えてきて、「や」に「ああ、なんという瀧道だ！」という嘆きも感じられます。

原句　節約も浪費もしたり年の暮　　菅野くに子
添削　浪費してすぐ節約や年の暮

原句は一般論。作者の個人的実感がわかるように、言い回しを変えて詠むと、俳味、おかしみが出てきます。

原句　野焼跡《のやきあと》黒きに紛れ鳥あまた　　志村喜三郎
添削　鳥あまた末黒《すぐろ》の黒に紛れたる

野焼跡の黒い土や焼けた草を「末黒」と言います。こんな古くから使われてきた季題を使ってみると、その場所の黒々とした感じとそこにうごめく鳥の姿がどこか哀しげで、句がもっと深まり、別の世界が現れますね。

雪子　たった一字も一語も大切ですね。一番詠みたいことに焦点を当て、際立たせるのですね。

桃子　添削によって生まれ変わった自分の句を、自分のものにして大切にしましょう。

たった一字、たった一語が句を変える

新年の句

新年をどう詠む？

花子　今年はじめてお正月の句会に出ました。「初句会《はつくかい》」と思っていたら、「初句座《はつくざ》」「句座始《くざはじめ》」ともいうのですね。

桃子　ええ、江戸時代には「歳旦開《さいたんびらき》」とも言ったそうですよ。こんな言い方は新年の改まった感じが出て身が引き締まります。

花子　都心の神社に詣でてからの句会でした。こんな改まった句会ではどんな心構えで、どんな句を詠むか心配でした。

桃子　よいお天気で、気持のよい初詣でしたね。共に俳句の勉強をしている人たちが、気持を新たに一年の健康、健吟《けんぎん》を願って、神社やお寺にお参りして、句会を持つ新年の行事です。出席の人々の中には、あでやかな「春著《はるぎ》」「春小袖《はるこそで》」の和服の人もいました。こういう方たちの所作もみな句材になります。

花子 私は今年はじめてのお参りだったので、お札を買ったり、おみくじを引いたりしました。

桃子 はじめておみくじを引いたなら「初神籤《はつみくじ》」ですね。私も「竈札《かまどふだ》」をいただきました。神社やお寺では、お金を払っても、買うのではなく、神様にいただくものなので、「札を享く《ふだをうく》」「破魔矢受く《はまや》」と言いましょう。

月子 歳時記の新年の項目には、馴染みないむずかしい言葉が並んでいますね。

桃子 お正月の凛とした空気を「淑気《しゅくき》」、元日に降る雨や雪を「御降《おさがり》」、はじめての煮炊きを「初竈《はつかまど》」、重箱に詰めたお節料理を「喰積《くいつみ》」、年賀の客を「礼者《れいじゃ》」、三宝に白米や昆布などをのせた飾り物を「蓬莱《ほうらい》」。毎年一つずつでも覚えて使えるようになればいいですね。

月子 お正月の句はおめでたく、格調高く、詠むのでしょうか？

桃子 大昔から、初詣の句は同じような句がたくさん詠まれているので、ここでもしっかりと現実の写生をして、古い殻を破りましょう。

初句座やまづは出欠点呼から　コスモメルモ

「点呼」が夏休みのラジオ体操のようで、「初句座」の古さに対して新しい感覚。

お狐に五日のお揚げ新しく　舟まどひ

正月も五日になるとめでたさも薄れるのに、お供物の油揚が新しいとは、季題の本意をひっくり返した面白さ。

恵《ゑ》方《はう》道果ては愛染明王へ　城野三四郎

「恵方道」だと聞いてきてみたら、果ては煩悩、恋愛を悟る神様だったという裏切り、ひねり。

社長以下社運かけてや初写真　篠原喜々

会社あげての初詣はよくあるが、「初写真」を撮るのに社運をかけるのもひねり。

捻挫人骨折人と初詣　辻桃子

おめでたいときに、病気や怪我の話は野暮だが、事実はかくのごとく「事実は小説よりも奇なり」ですね。まだまだ今までにない句も詠めますね。

写生で古くさい殻を破る

名句（一）

なぜ名句と言われる？

花子　私は俳句を始めてから、高浜虚子の句を読んでみましたが、この句はなぜ名句と言われているのか、よくわかりません。

流れ行く大根の葉の早さかな　　高浜虚子

大根といえば畑を思っていたので、大根の葉が早く流れて行くというのは、どういうことなのでしょうか？

桃子　ほんと、大根の葉っぱが流れているだけでは、川の流れの句だとはわからないかもしれないわね。この句は、虚子が、畑でとった大根をすぐそばの川辺で洗っている景を見てから作ったのです。

花子　ああ、それで大根の葉だけが川を流れて行くわけですね。

桃子　大根の葉が流れていたのはどんな川だったのか、虚子の自解を要約して見てみましょう。

「初冬の多摩川辺をめぐり、景趣を味わいながらそぞろに歩いていて、ふと小川の橋の上から大根の葉が非常な早さで流れているのを見た。瞬間的に今までたまっていた感興が焦点を得て句になった。ただ水に流れて行く大根の葉の早さのみに興味が集中された」というのです。

月子　なるほど、橋の上から流れてくる葉っぱを見ていたのですね。確かに、川を横からではなく、縦に見ていると、流れてくるものは一瞬で過ぎ去って行きますね。だから、大根の葉が流れて行くその速さに驚いたのですね。こんなことで一句になるのですね。

桃子　大根を収穫する初冬なら、周りは枯れ色が目につくころで、そんなときに、鮮やかな緑の葉っぱが勢いよく流れてくるのを見て、さっき上流で洗っていた大根の葉だとすぐわかったのでしょう。

しかし、句の表面からはそのような判断や背景は消し去って、目の前に流れて行くものだけ、その速さだけを詠んでいます。初冬の引き締まった中の空気、水の冷たさ、速さ、葉の鮮やかな感じが出ています。この「早さかな」の句が名句として人口に膾炙《かいしゃ》している所以でしょう。

月子　そういうことを知ると、この句が面白く思えてきました。

桃子　名句がわからないときは、調べたり、いろいろ読んでみたりして勉強するのも大事ね。山本健吉の『定本現代俳句』（角川選書）の中にも、この句についててていねいに書かれています。

月子　大根は白い冬の野菜ということにとらわれていましたが、もっといろいろな詠み方ができるのですね。

桃子　そうね、大根にはこんな句もありますよ。

大根畑広々として島小さ　辻　由美

大根煮えたやすく母を喜ばす　宮原美枝

野鼠の囓りし大根甘きこと　山岡蟻人

背景を知ることも大事

名句（二）

なぜシク？

雪子　前から疑問に思っていたのですが、名句だと言われている句でも、私にはなぜ名句なのかわからない句があります。たとえば、

厚《あつ》餡《あん》割ればシクと音して雲の峰　　中村草田男

この句は、『現代俳句大事典』（三省堂）の解説に、「聴覚、触覚、視覚などが区分できない一丸の包括的な感性となって躍動している五感を総動員した句だ（横澤放川）」と絶賛されていますが、そうかなあと思うのです。

桃子　名句と言われる句でも、自分には何の感動も覚えないというのは正直な感想ですね。無理によい句だと思う必要はないですが、月子さんはこの句は名句だと思いますか？

月子　すみません、私は厚餡をいきなり割る場面が想像できません。

雪子　ほんと、どうして雲の峰が出ているような暑い盛りにあんこを割っているのか、ピンときません。

桃子　雪子さんの故郷は山梨の方でしょう。お葬式のお返しに餡入り葬式饅頭をもらったことはありませんか？　あんな大きい饅頭を両手で割ろうとしたのです。

月子　それが、なぜ「シク」なんですか？

桃子　びっしりつまった固いこし餡が割れるとき、こんな感じがしたというのです。静かな村、葬《はふり》帰りの暑い昼、厚餡の割れる微かな音。目を上げると、その音を吸い込むような雲の峰。音を詠んで音のない世界を思わせます。

昔のわらべ唄に♪葬式饅頭でっかいそうだ。中のあんこは小さいそうだ♪というのがありましたが、これは、中のあんこもぎっしり厚いのですね。

雪子・月子　なるほど、葬式饅頭だとわかれば得心がいきます。

桃子　はるかな「雲の峰」に目をやったことで、亡き魂が昇ってゆく天を思わせます。また、暑い日の葬の後のホッとした感じや、淋しさも十分に感じさせるでしょう。

雪子　言われてみれば、「雲の峰」は動かないですね。
それに、この句が作られたのが、昭和二十五年で、まだ甘い菓子が少なかったころなので、あんこがびっしりつまった饅頭を割るときの音にまで、全神経を集中させたのでしょうね。

桃子　むろん葬式饅頭に決めつけることはできません。祝いの饅頭だってただの普通の饅頭だってよいのですが。どの句もこのように、背景に思いをめぐらせながら、一語一語、ていねいに詠み込んでゆくことが大切です。ただわからないからって通り過ぎてしまったら、なにも見えてきません。
「この作品以降われわれは餡を割る音をシクとしか聞くことができなくなった」（『癒しの一句』田中裕明・森賀まり著、ふらんす堂）と、俳人の田中裕明さんが言ったそうですよ。ほんとに私もそう思います。

背景に思いをめぐらし

句集を読む（一）

句集をいただいたら？

花子　句会でご一緒している先輩が句集を出版され、私にも贈ってくれました。

桃子　句集をいただくなんて、それはよかったですね。

花子　句集をいただいたのははじめてで、とてもうれしかったのですが、こんなときは、どのようにすればよいのか、ちょっと困っています。

桃子　句集を出すには、大変な時間をかけて、俳句の勉強をしてきたのでしょう。それに、労力もお金もかかっています。まず、そのことへのお祝いと感謝の気持を、すぐに伝えるといいですね。このごろはメールが便利ですが、一枚のはがきを送るだけで、十分気持は伝わります。

花子　まずはお礼を伝えて、それから、お祝いになにか金品を贈った方がいいですか？　友人は、本の値段くらいのお祝いをしたと言っていました。先輩の月子さんは、好みに合いそうなハンカチやお菓子を贈ったそうです。

桃子　金品を贈るのは、そうしたい人はいいのですが、そうしなくてはならないというわけではありません。句集を作った人は、それを多くの人に読んでもらえることが一番の目的、喜びなのですから、ていねいに読んで、好きな一句を抜き書きして送ってあげるだけで、お礼になるでしょう。

雪子　私は、書き抜いた一句と一緒に、少し感想も書いて送りました。句集を読んでいると、作者と話しているような気持になって、自然となにか伝えたくなります。

花子　でも、雪子さんのように、感想や句評を手紙にして送るのは、一度もお話をしたことがない相手には気後れがするし、私なんて読むほどのことが書けないので。

桃子　でも、どれか一つ好きな句があったでしょう？

花子　ええ、本の題名になっている句がいいなと思いました。

桃子　じゃあ、その句が好きだと書けばいいじゃない。

句集の感想や句評は、感じたことを素直に相手に伝えるのが一番です。むずかしい論評を書こうなんて思わないで、表紙の色や装丁がすばらしいとか、あとがきに書いてあることに感動したとか、知っている人なら、吟行に一緒に行ったときのことが思い出されるとか、簡単なことで十分うれしいものですよ。

花子 そうですか。句集を読めばもう知っている方のようになれるのですね。

月子 そうやって気持を伝え合えるのは大切なことですね。これからは、どんどん句集を読むことにします。

桃子 そのように仲間の出した句集が面白いと思ったら、次は有名な俳人が出した句集も読んでみましょう。そこからが本当に俳句の勉強になります。

読初の朱き表紙や句集「嗚呼」　石井みや

ていねいに読んで好きな一句を書き抜く

句集を読む（二）

句集にはテーマがある？

月子　私にも、時々、仲間の句集が贈られてきます。句集は、どう読めばよいですか？

桃子　まず、本のカバーが目に入りますね。句集のタイトル、カバーや表紙の色、帯などの装丁をじっくり鑑賞しましょう。作者はきっと自分らしい句集にしようと、本の体裁にも力を入れています。近ごろの句集のように、自費出版でたくさんの美しい書籍が刊行されているのは、世界中でも日本だけで、とても珍しいそうですよ。大切に読みたいですね。

月子　知らない人の句集もうれしいのですが、名前や顔を知っている人の句集はわくわくします。

桃子　そう、わくわくしながら本を開くと、序文《じょぶん》や目次があります。序文は、大抵は句集の作者が師と仰ぐ方に書いてもらいます。目次は、その句集の構成を示しています。年代順、季節ごと、月ごとや章名だけの場合もあります。最後には、跋《ばつ》文《ぶん》や讃《さん》が入っていることもあり、作者のあとがきや略歴、写真が載せられていたりします。

月子　私は、最初に序文やあとがきを読んだり、略歴を見たりしますが、そんな読み方はどうでしょうか？

桃子　句集は、どこからでも読めばよいのです。大切なのは、人の評価や作者の経歴などに関わらず、まず自分の鑑賞を大切にすること。作者を知っているなら、一度先入観を捨てて作品に接してみることも必要ですね。

月子　句集を読んでいると、作者を知らなくても、その人となりが朧気に浮かんできて、どんな生き方をされてきたのか、どんなことに興味があるのか、などが見えてきますね。

雪子　作者はなにかテーマを持って句集を作るのでしょうか？

桃子　句集にはなにかテーマがある場合もありますが、これまでの集大成としてまとめたものがほとんどです。でも、でき上がったら、なにかテーマが見えてくる場合もあるでしょう。読み手が句集を通してなにかを感じられたらいいですね。

雪子　近ごろは、地震や津波の被害にテーマを絞って句集を出す人も相次いでいましたが、そういう風にテーマを作らなければならないのですか？

桃子　それはたまたまでしょう。もし、句集にテーマがあるとしたら、それは根本的に、それぞれの「人生」であることは確かです。

雪子　一冊の句集の中に、さまざまな詠み方の句がありますね。

桃子　同じ頁に並んでいる句が連作になっていたり、一気に場面を転換したり、たのしいですね。立派な立句ばかり並べてあるより、ほっとするような力を抜いた句が間に入ったりしていると、またうれしいものです。

頁を繰りながら、一冊の句集をたのしんで読むことが一番です。

同じ句集でも、少し時間をおいて読むと、また別のものだと感じたり、読み手の力量によっても中身の受け取り方が違ってくるのです。

テーマがあるなら「人生」

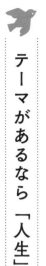

句集を出版する（一）

句集は何のために出す？

雪子　つぎつぎと、仲間の句集が出版されていますが、自分の句が本になるのは、うれしいことでしょうね。私も出してみたいのですけど、句集を出すには、どのくらいの経験が必要ですか？

桃子　俳句を始めて何年経ったら、句集を出してもよいということはありません。句集を出すことに決まりや制限はないのです。句歴が浅くても、自分が出したいと思えば、自由に出せばよいのです。俳句を始めて三年目で出した人もいます。

雪子　でも、こんなレベルの句ではまだだめかなと心配になりますが、句集は何のために出すのでしょうか？

桃子　句集を出す目的はいろいろあるでしょう。始めてから何年経ったからとか、大きな賞をもらった記念にとか、六十歳とか、七十歳とか、区切りの年齢になったからとか、大病をしてなにか心に期するものがあったとか。でも、そんな特別のことがなくても、一度整理してみると、自分が今まで作ってきた句についてもいろいろわかってくることもあって、とてもよい整理になります。

雪子　では、何句くらいあれば、句集ができますか？

桃子　句集を出そうと思ったときに、一万句以上溜まっている人も、千句しかない人もいますが、その中から、二百句から三百句くらい選んで一冊にまとめます。

あまり分厚い句集は読みにくいですからね。一生に一度しか出さないなどと考えないで、句が溜まれば、また出せばいいのです。

雪子　一番心配なのは、句集に入れる句は、どんな基準で選べばよいかということです。

桃子　選句はむずかしいですね。でも句集作りで一番やりがいのある作業ですから、たのしんでやりましょう。自分の信頼している先生や先輩にお願いしましょう。

雪子　そのときどきで、傾向の違った句を作っていて、どれが本当の自分の句かよくわからないのですが。

桃子　ただ、選者や仲間に高得点をもらった句ばかり集めても、よい句集になるとはかぎりません。あまり評価されなかった句でも、自分の好きな句、思い出のある句、自分の今までの人生が詠まれている思い入れのある句などを入れると、その人らしさが表れます。

雪子　句集を出すということは、ただ作った句を年代順や季節ごとにまとめる作業だけではないのですね。

桃子　句集はその人にとってかけがえのない記録ですから。そうして選んだり捨てたりしてまとめてみることで、どれが本当の自分の句なのか、わかってくるのです。

雪子　主宰は十三冊もの句集を出されていますが、一冊一冊に異なった味わいがありますね。

桃子　ほんとにそうですね。二度と戻れないそのときの自分が、それぞれの句集の中に生きているので、読み直してみると自分でも驚きます。

二度と戻れないそのときの自分がいる

句集を出版する（二）

句集を出す手順は？

雪子　実際に句集を作るときのことをお聞きします。句集を作ると決めたら、最初にすることは何ですか？

桃子　まず、毎月結社誌に投句して掲載された句を書き出したり、コピーして切り抜いたり、パソコンで打ち出したりして、自分で簡単な句集を作ってみます。それを読み直して、不要な句を消してゆきます。

雪子　たとえば、毎月五句投句して十年経っていれば、六百句くらいあるわけですね。

桃子　毎月五句の投句の他に、賞などに出した作品からも選びます。自分の好きな句を選んでゆけばよいのです。大体、二百句から三百句くらいが、手にとって読みやすい句集になるでしょう。

雪子　選んだ句は、どのように分類するのでしょうか？

桃子　作句の時期が古い年代順にまとめるのが普通です。または新しい年代順に並べる方法もあります。「新年・春・夏・秋・冬」のように季節ごとに分けてもいいです。また、今までで一番よかった時期の句群を第一章にもってくると、インパクトのある句集になったりします。

雪子　いずれにしても、なにか基準を決めて並べるということですね。

桃子　私の最新句集『馬つ子市』（文學の森、平成二十六年十二月刊行）では、ある一年間の作品を一月から十二月の十二章に分けました。

雪子　たった一年分で一冊ですか。きっと思い出深い一年だったのでしょうね。句を選んだら、その次にすることは何ですか？

桃子　選んだ句を主宰や先輩に見せてアドバイスをもらうことが大事です。実際に本に載せるより多めに選んでおけば、句を入れ替えたり、捨てたりできます。序文、跋文、讃などをいただく場合は、誰にお願いするかも考えましょう。俳句だけでなく、エッセーや写真や挿絵などを入れた句集にしてもたのしいです。

雪子　出版社や印刷会社はどのように決めますか？

桃子　まず、句集を出したことのある先輩にいろいろ相談して教えてもらうとよいでしょう。また、句集出版をたくさん手掛けている会社ならどこでもベテランの編集者が手伝ってくれます。句集の装丁などもデザイナーに頼むこともできます。

雪子　一番心配なのですが、出版に必要な費用はどのくらいですか？

桃子　どんな製本にするかによって違ってきます。句数、頁数、発行部数、紙質、装丁、ハードカバーかソフトカバーか、装画や写真を入れるかどうか、それがカラーかどうかなどで、出版社によっても違ってきます。気楽に相談してみれば教えてくれます。

　でも今は、パソコンを使える人も多いので、俳句は自分で打って、製本だけ頼むということもできるそうです。できるだけ費用をかけずに作りたいですね。

雪子　無理をせず、自分に似合った句集を作れるのですね。

桃子　その人らしい句集ができると、うれしいですね。俳句を始めたら、一度は句集を作ることを考えてみるのもたのしみですね。

自分に似合った句集を作る

俳句を作る意味（一）

なぜたのしそうに俳句を作っているの？

花子　句会の後で、俳句を長く続けている先輩に「俳句をやったことによって、なにか変わってきたことがありますか？」と聞いてみました。

桃子　それはなかなか面白い質問ね。なぜそんなことを聞きたくなったのですか？

花子　俳句を長く続けている人は、いつもたのしそうに吟行や句会に来られるから不思議だったのです。私なんて、まだ五句作るのが精一杯で、句会に行っても、点が入るかどうか心配で、たのしむところまでいきませんから。

桃子　そうね。たのしむには少し時間がかかるわね。それで、どんな答えだったの？

花子　「俳句をやっていると、新しい自分を発見する」というのです。「俳句を始める前は、関心がなかったことに目を向けている自分に驚く」とも聞きましたが。

桃子　今までは、毎日、駅まで通う道にどんな花が咲いているか、どんな木が植わっているかなど見ていなかったのに、春夏秋冬の草木の変化に関心を持つようになります。そうなると、今日は廻り道をして駅まで行こうとか、あの花の名前を調べてみようとか、覚えた木の名を人に教えようとか、急にたのしみが増えますよ。

花子　私も、今まで、家の周りにどんな花が咲いているか、ぜんぜん知らなかったのに、季節ごとに、見るようになりました。昨日は蕾だった花が、今日は開いていた、とか、俳句をやらなかったら、一生見ることもなかったでしょうに。

桃子　それが「新しい自分を発見する」ということですね。

花子　こういうふうに変わった自分に、わたし、ほんとうに驚いているの。

月子　雪子さんは長く俳句を続けていますが、なにが面白いのかしら?

雪子　このごろは、人間界のことだけでなく、自然のどんなことでもみんな面白く感じます。今まで、人間と動物、植物、月、星、風、雨など別々の存在だと捉えていましたが、すべてが季節の移り変わりの中でつながってぐるぐる回っているという感じがわかってきたような気がするのです。

桃子　それはすごい発見。虚子は、娘の

下《した》萌《も》えぬ人間それに従ひぬ　星野立子

の句を、「人もまた天地の運行に従って、生れ、生長し、老い、死する」と評しました。人も鳥獣も草木も同じ宇宙の命の表れの一つだと。

月子　私は、季節の移り変わりを、人が感じる暑さや寒さを基準に考えていましたが、逆に自然の法則に人間も従っているのだと考えると、草木や鳥や虫などの季節ごとの変化の様子をもっと興味深く見ることができそうですね。

桃子　そう、普通、人間が自然を見ている、と考えがちですよね。たとえば、「写生する」といえば、人間が自然を観察して、それを表現すると思っています。でも、本当は自然を写生しようと凝《み》つめれば同時に、人間も自然に見られているのだと、私は思います。なんでもない見なれた自然でも自分の中に驚きを感じられれば、後は自然の方から写生しようとする者の心の中に言葉が飛び込んでくるのです。

雪子　その驚きをどう自分の言葉で言い表そうか考えていると、ちょっとしたことでもよーく見るようになってくるのね。これが、面白くてたのしくなります。

自然を見れば自然に見られる

俳句を作る意味（二）

「花鳥《かちょう》」ってなに？

月子　この間の句会で、「花鳥諷詠」という言葉を習いました。今まで、「花鳥」って、「花」と「鳥」のことだと思って、なーんだ、俳句って「花と鳥」のことだけ詠め、というのではつまらないなと思っていましたが、「花鳥」とは「自然」の昔の言い方なので、この自然の中には人間も入っているのだと習ってびっくりしました。

桃子　そうなんですよ。「花鳥」とは、「花も鳥も人間」もみなこの宇宙の中の同じ存在なのだという考え方ですね。俳句はその自然のすべてを、同じに句に詠むのです。

これが、虚子が唱えた「花鳥諷詠」の精神ですが、別に、虚子がはじめて唱えたのではなく、東洋に古くからある考え方です。

月子　そういえば、昔、祖母が庭の花や雀に、まるで友だちのように話しかけていたのを思い出します。

桃子　俳句を長くやっていると、俳句ができるときもできないときもあります。句に点が入ることもあれば入らないこともあります。すべては、時のなりゆきで、自分に驚けるときもあればなにも感じないこともあるということが、わかってきます。

雪子　それで、だめなときもめげずに、他人の句が「いいなあ」と余裕をもって句会に臨めるようになるのですね。そうすると、句会がいつかたのしくなるのですね。

桃子　この大きな宇宙の中で、とりあえず、ちっぽけな自分の一句なんか大したことはないとすることが「自己放下《じこほうげ》」の心です。

生きてここに句会をして、友と会えるというだけでたのしいじゃないですか。

花子・月子　ほんと、たのしいです。

桃子　明易や花鳥諷詠南無《なむ》阿《あ》弥《み》陀《だ》　高浜虚子

虚子は、明け易いこの世、いつ死んでしまうかもしれないこの世の、花鳥（自然）を諷詠すること、つまり、俳句を作り続けるということは、仏教で言えば、日々「南無阿弥陀仏」と念仏を唱えていることと同じだと言っているのです。

念仏のごとく句作り龍の玉　　辻 桃子

「花」も「鳥」も「人間」も

「桃子先生、俳句ここを教えて！」といわれて

私は国文科で俳文学を研究したわけではなく、俳句を教えるなどということには、最も疎い人だ。

ただ、どういうわけか俳句が大好きで、十八歳の時に楠本憲吉先生に入門、その後、波多野爽波先生に師事し、俳句を作らない日はないほど好きを貫いてきた。

そんなわけでこの五十四年間に、知らぬ間に身についてきたものも少しはある。俳句を始めた増田真麻さんに、問われるままに一生懸命に答えたのが本書である。

皆さんの句作りの上で、なにか一つでも役に立つことがあったら幸いである。

辻　桃子

疑問に答えていただいて

本書は、二〇〇九年から二〇一六年までの八年間、「童子」誌に連載された「初心者講座・ここが知りたい」を改稿、加筆したものです。

当初の目的は、俳句を始めて間もない人のために、具体的に俳句の作り方の疑問に答えようとしたものでした。毎回のテーマは、私が参加するいろいろな句会で寄せられた質問や、私自身が疑問に感じたことが元になっています。

辻桃子先生のご回答は、具体的に実例を示して説明してくださるばかりか、俳人としての有り様や人としての生き方にまで及びました。「鐘は強く打てば大きく響き、弱く打てば小さく響く」のとおり、花子さん、月子さん、雪子さんのそれぞれの質問の深さに応じて、味わい深い答えが返ってきたのです。

増田真麻

著者略歴

辻　桃子（つじ・ももこ）

1945年横浜生れ東京育ち
18歳で俳句入門。波多野爽波に出会い生涯の師とする
1987年俳誌「童子」創刊主宰
著書に句集『桃』ほか13冊
エッセー『俳句って、たのしい』ほか
歳時記『点字歳時記』（全5巻）、『実用俳句歳時記』ほか
評論集『桃子流虚子の読み方』
『あなたの俳句はなぜ佳作どまりなのか』ほか
詩集『やさしい罠』ほか

日本伝統俳句協会理事
日本現代詩歌文学館理事
読売新聞「よみうり文芸」地方版選者
日本野鳥の会「野鳥」俳句欄選者
文學の森「俳句界」選者

東京事務所　〒186-0001
国立市北1-1-7 フォッセ国立103号
FAX　042-571-4666

増田真麻（ますだ・まあさ）

1944年神戸生れ
「童子」副編集長
日本伝統俳句協会会員
著書に句集『露台の人』

桃子《ももこ》先生《せんせい》、
俳句《はいく》ここを教えて！

発　行　平成二十九年十月二十九日
著　者　辻　桃子
発行者　姜　琪　東
発行所　株式会社　文學の森
〒一六九-〇〇七五
東京都新宿区高田馬場二-一-二　田島ビル八階
tel 03-5292-9188　fax 03-5292-9199
e-mail　mori@bungak.com
ホームページ　http://www.bungak.com
印刷・製本　竹田　登

ISBN978-4-86438-658-6　C0095